CW01496691

Chantal Pelletier

La visite

Gallimard

Nomade, Chantal Pelletier visite depuis son plus jeune âge différents styles d'écriture. Auteur d'une quinzaine d'ouvrages (romans, nouvelles, essais), scénariste pour la télévision et le cinéma, elle a publié son premier roman noir en 1997. Elle a reçu le Grand Prix du roman noir français de Cognac 2001 pour *Le chant du bouc*.

À toutes les femmes que j'aime
et qui me rendent visite.

Chaque jour est le bon...

Koan zen, cité dans
La source du vide
Taïkan Jyoji

... Chien Brun reconnut un nuage qu'il avait vu maintes années auparavant, à plus de trois mille kilomètres...

En route vers l'Ouest
Jim Harrisson

J'étais dans ma Peugeot, arrêtée à un feu rouge. Un objet a cogné ma vitre, j'ai tourné la tête, j'ai vu la gueule d'un pistolet ou d'un revolver, je n'ai jamais su la différence. Derrière, le visage d'un homme. La trentaine. Un gros nez. Des cheveux fourrés dans un bonnet de laine. Des mains immenses. J'espérais que c'était une blague, un jeu pour la télévision.

— Magne, bordel !

La grosse main a ouvert la portière, m'a attrapée et extirpée de la Peugeot. Groggy, les bras ballants, j'ai vu l'homme se jeter sur mon siège et démarrer au rouge.

Ma voiture s'éloignait. Je ne quittais pas des yeux les deux points incandescents qui filaient vers le Père-Lachaise. Tant que je ne perdais pas leur trace, je croyais qu'il me restait une chance.

Le feu passé au vert, les voitures m'évitaient, leurs conducteurs râlaient, ils me prenaient sans doute pour une droguée qui cherchait à se suicider en emmerdant le monde.

Je grelottais. Je suis frileuse, j'aurais dû vivre sous les tropiques et rouler à vélo. Mais je me contente souvent de ce qui me convient le moins.

À ce moment-là, j'avais encore un espoir. Si ce type avait braqué ma voiture, c'est qu'il était poursuivi, et s'il était poursuivi, c'était par la police ! Des uniformes allaient arriver et me prendre sous leur protection, faire quelque chose en ma faveur, je ne savais quoi exactement.

Rien.

Malgré mes efforts et ma bonne vue, les deux points rouges ont disparu. Fini. J'ai cherché quelqu'un. Personne. J'ai juste failli me faire écraser.

Je me suis réfugiée sur le trottoir, je ne voulais pas mourir pour une voiture qui, déjà, avait tué Gasp. Oui, la Peugeot avait tué mon compagnon. Ce sont des choses qui arrivent. Les gens sont fous avec leur voiture. C'est ce que je me disais, en claquant des dents sur le trottoir, pas seulement de froid et d'énervement : de désespoir.

La voiture, ça me faisait bizarre, bien sûr, mais surtout j'étais bouleversée par la perte de mon sac, mes papiers, mon téléphone portable, ma carte bleue, mon filofax.

J'étais dans le pétrin. Et morte de froid. Mais vivante. C'était le plus important.

C'est là que j'ai hurlé, pour que quelqu'un s'occupe de moi. Personne ne s'occupe de moi, c'est comme ça depuis que je suis toute petite. J'ai toujours été assez grande. C'est ce que pensent immanquablement ceux qui m'entourent. J'espère vivre suffisamment vieille pour que cette situation change, mais je n'y crois pas. Pourtant, à ce moment-là, j'ai fait preuve d'optimisme : j'ai crié.

L'obscurité et les trottoirs se sont moqués totalement de mes glapissements, rien ne s'est passé. Puis quelques personnes sont sorties du noir, dont un Noir justement, qui s'est approché de moi avec un sourire rose et blanc.

— On m'a volé ma bagnole ! j'ai dit entre deux claquements de dents.

Il n'avait pas l'air surpris, il m'a désigné une rue qui grimpait vers Ménilmontant :

— Là-bas, y a un commissariat.

J'ai perçu une sorte de clignotement et cette lumière m'a donné du courage. J'ai couru aussi vite que j'ai pu, certaine que, si je me dépêchais, les forces de l'ordre se lanceraient à la poursuite de ma voiture. Je ne tournais pas rond !

Devant le commissariat, un type était planté dans une guérite vitrée, j'ai essayé d'expliquer clairement la voiture, le flingue, le gros nez, le bonnet et les deux points rouges disparaissant vers le Père-Lachaise.

Il lui a fallu du temps pour comprendre. Il a fini par me laisser entrer. Ses collègues, dans les bureaux, étaient tous moins rapides les uns que les autres. Chaque fois, j'avais l'impression d'être en faute. J'aurais pu m'énerver. J'étais molle. Lorsque je suis au bout du rouleau, je tiens de l'invertébré. Un crustacé cru sans sa carapace.

Assise face au policier chargé de recueillir ma plainte, j'ai compris. Rien ne servait de courir. La déposition a duré une heure et demie.

Où l'agression avait-elle eu lieu ? Je n'en savais rien. J'ai tenté quelques gestes parlants : « Là, juste à côté, au carrefour... heu... je ne sais pas comment elle s'appelle, cette rue, moi... »

Le flic a sorti un plan. Dans un premier temps,

cela ne m'a pas aidée du tout. Je n'ai aucun sens de l'orientation, et je n'avais pas pensé à ces détails. J'ai consenti un gros effort, je me suis concentrée. Le commissariat... la rue qui grimpait... donc le braquage avait eu lieu au carrefour rue de la Fontaine-au-Roi et boulevard de Belleville.

Une des épreuves fut de retrouver le numéro d'immatriculation de la Peugeot. Dans ma tête, une multitude de fiches répertoriaient tous mes codes : Visa, Télécom, accès internet, portable, sécu, congés spectacles... le flic s'impatientait.

J'ai fini par dire le numéro entier, sans susciter de sa part la moindre admiration. Dresser la liste du contenu de mon sac a pris trois bons quarts d'heure.

Au cœur de ce moment pénible, une bonne nouvelle : ma carte bleue était restée dans la poche de mon manteau, j'avais retiré du liquide au moment de la pause déjeuner et je ne l'avais pas rangée dans mon sac.

— Combien d'argent ?

La réponse était facile. J'avais retiré cent euros au distributeur et dépensé quinze euros pour le déjeuner. Il était beaucoup plus difficile d'admettre que j'avais paumé mon filofax avec tous mes téléphones, adresses, codes, rendez-vous.

J'avais l'impression d'être orpheline.

Je suis sortie du commissariat à vingt et une heures et quelques, sonnée, et évidemment sans un sou. J'ai retiré du liquide d'un distributeur, et pris un taxi.

Dans ma cour, je fus saisie par le découragement, je n'avais pas mes clés ! Ce détail m'avait échappé. Quand on se retrouve sans rien, on ne peut pas penser à tout ce qu'on n'a plus.

Par chance, la concierge a un double de mes clés, mais elle n'a pas considéré que c'était une chance. Elle se couche tôt, car elle nettoie des bureaux tous les matins à quatre heures. Je l'ai réveillée en plein sommeil paradoxal, le plus réparateur. Elle, et surtout ses trois mômes. Les deux grandes se sont mises à geindre, et la petite à hurler. Je ne savais plus où me mettre. Je me suis excusée. Ça n'a pas calmé la gamine.

Chez moi, j'ai pleuré sous la douche, lavé mes cheveux, enfilé un pyjama chinois douillet d'un beau bleu, et je me suis pelotonnée sous la couette.

J'ai repensé à ma journée, qui n'avait pas été réellement mauvaise, mais franchement exécrable. Je m'étais engueulée avec Lina Andich, la réalisatrice du film dont j'assurais la post-synchronisation. J'aime beaucoup Lina, suffisamment pour que nous nous engueulions régulièrement sans nous fâcher. Ce jour-là, notre affrontement avait été violent, sa mauvaise foi insupportable, j'avais quitté le studio furieuse, je parlais toute seule au volant et au pare-brise de ma Peugeot. Or, la mauvaise humeur attire les ennuis, c'est connu.

À cet instant, le téléphone a sonné. C'était ma mère.

— Ça va ? j'ai dit.

— Comment tu peux me poser une question pareille, tu sais bien que ça ne va pas.

C'était là l'essentiel. Moi non plus, ça n'allait pas,

je me suis gardée de le dire. Ma mère aime que tout aille mal.

Certes, je le reconnais, sa situation est pénible. À soixante-huit ans, mon père est sénile précoce, il se rase avec son dentifrice, sort quéquette à l'air et commande tout ce qui est proposé au télé-achat.

Ça me rend malade quand je vais leur rendre visite une ou deux fois par an. J'écoute mon père, je le regarde, la gorge nouée, et pas seulement la gorge, l'angoisse me fait mal partout, dans le dos, dans les bras, dans les jambes. Parfois, il m'arrive de croire que son comportement tient de la poésie et du sketch comique, et que mon père s'offre une seconde vie, peut-être meilleure que la première. Cette façon de voir me soulage mais échappe complètement à ma mère. Elle a honte de lui et le sermonne sans arrêt. Elle croit que l'absence de raisonnement le commande. J'ai beau lui expliquer qu'il obéit plus exactement à une logique particulière, bien à lui, elle continue à l'engueuler et à se lamenter.

Cette fois, mon père avait calfeutré la maison, fermé les volets, collé des cartons derrière les vitres, parce que des taulards s'étaient évadés en hélicoptère d'une prison du Cotentin. Il avait peur qu'ils viennent attaquer leur maison.

— Tu te rends compte ?

Oui, je me rendais compte : le Morvan n'est pas tout près de la Basse-Normandie, mais il devait être agréable de jongler avec les évidences géographiques. S'en prendre aux détails les plus immuables.

— Tu ne peux pas savoir ce que j'endure.

— Prends quelqu'un, maman...

Cela me paraissait la seule solution. Beaucoup de citadins paient un psychologue pour que quelqu'un les écoute. Pourquoi un retraité n'aurait-il pas droit, lui aussi, à une oreille professionnelle ?

— Le pauvre... qu'est-ce que les autres vont dire ?

Le pauvre se moque justement des commérages. Il est tout seul dans son monde, c'est l'avantage.

— Tu sais bien... il est plus fatigant qu'un nourrisson.

Oui, je sais, et je me tais.

— Je me demande comment ça va finir tout ça.

Ma mère sait comment tout finit. Ils vont mourir, lui, elle, moi, peut-être moi avant ma mère, et ma mère avant mon père. Personne ne sait. Mon père, c'est possible, nous survivra à toutes les deux, les femmes de sa vie, mais il ne s'en rendra pas vraiment compte, il arrivera dans la cantine de la maison médicalisée en exhibant son sexe du télé-achat, c'est toujours ça que les taulards n'auront pas. À longueur de journée, il expliquera sa vision personnelle du monde à d'autres retraités qui auront la peau et les cheveux très très gris, mais plus beaucoup de matière.

— Est-ce que tu viens pour Pâques ?

Traditionnellement, depuis des années, je vais voir mes parents à Pâques. Les œufs au jambon ont cuit pendant trois jours avec des pieds de veau et toutes sortes d'aromates, de légumes, de viande, que sais-je ? Une recette qui doit se transmettre dans ce coin du Morvan depuis Charlemagne. Je ne savais que répondre. Je redoutais cette visite. Le temps est immanquablement moche dans le Morvan. Il fait nuit plus souvent que tous les jours.

— Heu...

— Fais un effort !

— Je viendrai.

Je ne savais pas si c'était vrai.

— Tu me préviendras à temps, quand même ?

— Oui, maman.

J'ai raccroché, déprimée, la gorge nouée, l'envie de pleurer.

Si je ne m'apaisais pas, je risquais d'autres ennuis. Mon braqueur allait faire irruption chez moi. Il avait mon adresse et mes clés. Il entrait, me violait, me tuait, partait avec tous mes biens, c'est-à-dire pas grand-chose. Le dérisoire d'un tel cambriolage ne me consolait pas.

J'étais à deux doigts du Lexomil.

J'ai préféré regarder la télévision.

Sans le son évidemment. Je dis évidemment, car le son est mon travail, pas une distraction, encore moins une détente. Je passe mes journées à écouter des acteurs radoter, le plus professionnellement du monde, des dialogues qu'au tournage un bruit parasite a rendus inutilisables. Un avion qui passe, un grincement qui s'insinue, un souffle qui traverse le micro, il faut redire, réinterpréter, recommencer.

Je mets en scène ce radotage. Oral de rattrapage, raccommodage peut-être, mais surtout artisanat de précision. Il paraît qu'autrefois on remaillait les bas filés, j'y pense parfois.

Je l'avoue, au travail, il m'arrive d'être fière de moi, ce qui n'est pas fréquent en dehors des studios. Je ne suis pas le genre de fille sûre d'elle. Je me tiens voûtée, le cou plié. Je devrais aller en Afrique apprendre à porter des lessiveuses sur la tête, mais je ne prends pas le temps de mener à bien ce genre de projet.

Dans un studio, c'est différent, je me redresse, je n'ai peur de rien, c'est moi qui commande. Le comédien m'obéit. J'encourage, je guide, j'explique, je rassure, je dis non, c'est pas synchro, on reprend, plus timbré, moins d'emphase, on articule. J'ai l'oreille infaillible. Rien ne m'échappe. Je détecte la moindre erreur. J'ai de l'autorité, et j'aime ça. Même les célébrités, je sais les prendre. Je ne me laisse pas impressionner. Ils préfèrent, d'ailleurs. Ils en ont marre des flatteries à longueur de journée, apprécient ma franchise et ma fermeté. Le succès ne me fascine pas, j'en connais trop que la célébrité a rendus pénibles, parce que tout leur était dû, et le moindre effort systématiquement interdit. Je me méfie d'eux, ils gueulent à longueur de journée comme des bébés, il paraît que les psychologues appellent ça la toute-puissance du nourrisson.

Heureusement, ce phénomène garde des proportions raisonnables en France car nous sommes un petit pays. C'est pire en Amérique, où les plus endommagés finissent comme Elvis Presley, à flipper toute la journée en bouffant des bonbons. Je n'ai jamais eu à m'occuper de tels déchets, Dieu merci. Donc, dans un studio parisien, j'ai ma réputation, je me débrouille, je ne me laisse pas monter sur les pieds.

N'empêche, j'écoute du bruit toute la journée. Le soir, je fais la sourde oreille. Après le boulot, je ne supporte pas le moindre son, le plus petit bla-bla, et chez moi, rideau, c'est cinéma muet.

Le soir du braquage, j'ai passé brièvement en revue les cinq chaînes principales, car je n'ai ni le câble ni Canal +. J'ai renoncé à un reportage, une série médicale, un film américain, un opéra baroque. Je me suis arrêtée sur une émission-débat dont j'ignore le titre, elles se ressemblent toutes : un animateur, des invités sur un plateau, du public.

Regarder des inconnus parler me détend. J'aime les visages à la télé. Beau, laid, vieux, jeune. Même immobile, un visage bouge, pas besoin d'être observateur pour le remarquer, d'ailleurs, je suis observatrice. Je perçois le moindre frémissement de lèvres, battement de cils, oscillation du regard. Je ne m'ennuie pas. Je me prends d'intérêt pour une sueur apparue brusquement sur le nez ou au-dessus de la lèvre supérieure, pour une main qui vient gratter un lobe ou une narine.

Chaque détail compte, je m'y attarde. Je repère qu'entre deux plans, tel invité a été repoudré hors champ par la maquilleuse, telle interviewée s'est débarrassée de la mèche qui lui agaçait l'œil droit.

J'apprécie le confort de cette chasse aux trésors. Je ne suis pas seule, mais personne ne me voit. Profondément athée, je ne crois absolument pas que les personnages qui s'agitent sur l'écran entrent chez moi, me regardent, s'adressent à moi. Non. Devant la télé, je suis à la fois seule et accompagnée. Donc moins gênée que par un conjoint, qui, le plus souvent, dérange sans accompagner.

Dans ces moments-là, je dois paraître une bonne

dizaine d'années de plus que mon âge, et, comme j'en ai trente-six, ça fait beaucoup. Assise dans mon lit, les oreillers calés derrière mon dos, je ne suis pas à mon avantage : les traits tirés, les cheveux en bataille, démaquillée, le nez rouge, les lèvres pâles, la peau brillante de crème de nuit.

L'allure générale ne vaut pas mieux. Je suis nue s'il fait chaud, et pas vraiment sexy, je me tiens encore moins droite que d'habitude, j'ai les seins qui pendent, le ventre qui plisse. C'est encore pire si je mange, assise en tailleur, un plateau posé devant moi, le sexe ouvert, gargouille offerte, du carmin au brun, sous les poils en désordre. Pas très chic. Surtout si j'engloutis une cochonnerie de pizza ou de plat tout prêt réchauffé au micro-ondes en buvant une bière à même la canette, rien en somme qui puisse rappeler la qualité de la gastronomie française faite de délices dégustés sur une table nappée par une femme bien mise.

Mais ce soir-là, personne n'aurait pu médire. Le pyjama bleu était joli, je ne mangeais pas, mon sexe était bien caché dans mon pyjama.

En revanche, sur l'écran, l'animateur, une vedette pourtant, était franchement hideux. Le dessus de la lèvre supérieure gris et moite, et quand je dis la lèvre supérieure, c'est façon de parler, il n'en avait pratiquement pas. Quarante-cinq ou cinquante ans, peu de cheveux, un profil rétrognathe, une brioche bien levée.

Je me demandais comment, aussi veule et laid, il

pouvait plaire à des millions de Français. Certes, il faisait de gros efforts pour paraître Français moyen, et il y réussissait plutôt bien, ce qui comptait sans doute par-dessus tout. Il allait et venait sur le plateau, d'un invité à l'autre, dans un de ces pantalons qui n'en sont pas, deux sacs allongés qui se rejoignent à l'entrejambe et font complètement oublier la cuisse. Costume sombre, chemise blanche, demi-lèvres, désert de cuisses, entrejambe perdu dans les sacs. Au fond, il ressemblait à un homme d'église, c'est sans doute pour ça qu'il plaisait tant.

Parfaitement désagréable, il s'adressait à ses inter-locuteurs avec un sourire méprisant. Mon Dieu comme il avait l'air content de lui, j'avais envie de le gifler. Je ne savais à quel animal le comparer, il n'était pas réellement porcin, pas assez jouflu pour ça, il était simplement mou, mais pas gonflé, un peu comme un sexe qui, ayant peur d'être dévoré, bande maussade. Oui, c'était exactement ça, il ressemblait à une quéquette boudeuse.

Grâce à mon métier, je sais parfaitement lire sur les lèvres. Le débat portait sur la surdité. Avoir choisi muette une émission sur les malentendants pour faire la sourde oreille, c'était assez cocasse ! Je ne m'en-nuyais pas.

Tout à coup, un scientifique comme on dit, sans doute un médecin, s'est mis à caresser amoureuse-ment un colimaçon en caoutchouc blanc qui repré-sentait l'oreille interne. Cet objet qui ressemblait à une coquille m'a rappelé ma voiture. Quand j'avais vu partir la Peugeot, je m'étais sentie toute nue, comme séparée de ma propre chair, aussi lamentable qu'un escargot sans son abri, tout noir et visqueux, plein de mucus dégueulasse, et à poil, mais sans système pileux. Panique incompréhensible, je passe seulement quelques heures par semaine dans ma voiture.

Je crois ne pas être la seule à tenir du gastéropode. Faire corps avec sa coquille est un comportement fort répandu. Pendant les violentes tempêtes qui avaient dévasté l'Hexagone, beaucoup d'individus étaient morts parce qu'ils avaient tenté de sauver leur toit, ou leur voiture, un peu comme Gasp, tué par la Peugeot qu'il avait voulu épargner.

Cette pensée n'était pas réconfortante, et j'ai failli changer de chaîne. Mais le coup de la coquille n'a pas duré, j'ai pu à nouveau jouer avec les visages, toutes sortes de visages, puis j'ai lu sur l'écran cette phrase d'un orthophoniste : « Les vibrateurs transmettent le son par le corps. » Ce phénomène puissamment érotique m'a fait du bien.

J'appréciais la complexité de l'œuvre télévisuelle. Sur scène, une femme s'exprimait avec conviction en langage des signes devant l'écran géant qui servait de décor à l'émission et sur lequel défilait le texte de toutes les interventions. L'image de cette femme gesticulante était d'autre part reprise et incrustée dans un carré en haut à gauche. Toutes ces superpositions créaient une riche composition audiovisuelle dont les paroles étaient à la fois dites, mimées, écrites. C'était beau, un peu comme dans un studio de post-synchro.

J'aime l'esthétique de mon travail, la façon dont les dialogues à réenregistrer défilent sur une bande, sous l'image. Comme les notes de musique, ces mots calligraphiés, je veux dire écrits à la main par un spécialiste, enflent, rétrécissent, s'étalent, donnent à voir la durée du son qu'ils représentent. J'adore la façon dont ils s'étirent, font leur plein de secondes, mettent en place les soupirs.

L'acteur qui se double lui-même doit très précisément faire coïncider les mots inscrits sur la bande avec le mouvement de ses lèvres à l'écran, et prononcer chaque syllabe au moment exact où elle franchit, au milieu de l'écran, « la barre de lecture »... même les *hum*, les *bah*, les *bof* ! Cette exhaustivité et cette ponctualité ne doivent pas empêcher l'acteur de convoquer émotion, chagrin, peur bleue, fou rire. Pas facile ! On recommence. Avant de revenir en arrière pour essai. Suivent deux ou trois enregistrements, parfois cinq ou six. Enfin, il faut réécouter. Vérifier. Et décider d'en refaire un petit dernier...

Ces va-et-vient ne me donnent plus mal au cœur, j'ai l'habitude, on peut s'habituer à tout, même au grand huit. Mais ils fatiguent. Répéter aussi fréquemment est absurde, piétiner est très mauvais pour la circulation sanguine, les phlébologues sont tous d'accord là-dessus.

Cela ne signifie pas que je n'aime pas mon métier. Je l'ai choisi. Il m'arrive, dans ce lancinant rabâchage, d'être éblouie par un acteur qui va chercher l'émotion sous ses côtes, l'attrape, la tire jusqu'au micro, s'écorchant les intérieurs. Le même phénomène se produit au théâtre ou à l'opéra, j'en suis sûre : en s'extirpant du corps, la voix emporte avec elle un peu de terreau, comme les racines des plantes qu'on déterre. J'ai toujours trouvé ça très beau.

En m'inspirant de cette esthétique, j'aimerais réaliser des installations vidéo. Devenir plasticienne. J'y songeais particulièrement ce soir-là. Un choc émotif déclenche parfois l'élan créatif. Le braquage de ma voiture était peut-être le signe qu'un changement profond allait s'opérer en moi, que la privation de coquille allait décupler ma sensibilité. Perdre sa carapace permet sans doute d'accéder à des perceptions nouvelles, inconnues. Je me suis imaginée en artiste plasticienne. Je me plaisais dans ce rôle.

On m'avait braqué ma voiture pour que je réfléchisse à cette nouvelle orientation. Pour que je prenne le temps de rêver. Pour que je lève enfin le nez de mon agenda. D'ailleurs, je ne l'avais plus, mon filofax, et c'était embêtant. Un producteur, m'avait laissé un message la veille. Et pas n'importe qui. Ajeg Korn. Je devais le rappeler vers vingt heures ce soir-là. Or, au commissariat, j'avais eu autre chose en tête. Ce ratage me contrariait. Depuis des années, j'acceptais à peu près n'importe quelle proposition de contrat, il faut bien finir mal, mais Ajeg Korn était un des rares producteurs avec qui j'avais envie de travailler...

C'est là qu'on a sonné à la porte.

Qui ? Personne ne vient chez moi à cette heure sans y être attendu. D'ailleurs, personne ne vient chez personne à l'improviste à Paris. Cela ne se fait pas.

Personne ne pouvait donc venir chez moi à cette heure. Pourtant, quelqu'un sonnait.

Je vibrais comme une oreille de mélomane.

C'était mon braqueur. Ses grandes mains armées d'un couteau.

La sonnette a de nouveau retenti. Mon type avait la clé. Pourtant, il préférait sonner. Par sadisme.

Si j'avais eu le courage, je serais allée regarder discrètement à travers le judas. Vérifier. Si c'était une personne louche, j'appelais la police.

J'ai repoussé ma couette avec mes pieds. Je me suis levée. J'ai avancé à pas de loup jusqu'à la porte.

Pas un bruit.

Peut-être la concierge venait-elle m'insulter parce que sa petite dernière ne se rendormait pas ? Non. Inutile de me raconter des histoires. Mon braqueur continuait à braquer. C'était évident. Quelle que soit la situation, chaque individu radote, nous sommes tous pareils. Nous refaisons ce que nous savons faire. Innover est très difficile.

Devant la porte, je me suis mise à claquer des dents.

C'était fini. J'avais des choses à accomplir avant de mourir. Plus exactement, je ne pouvais pas mourir en n'ayant rien accompli. J'ai plaqué mon œil au judas. J'ai vu la chevelure châtain d'une femme que je n'identifiai pas. Elle ne semblait pas particulièrement menaçante.

J'ai hésité, mais ce n'était pas le moment de faire la sourde oreille. Côté sourds, ça suffisait comme ça !

J'ai ouvert. La femme a relevé la tête.

Elle m'a souri, elle était magnifique, lumineuse, et je la connaissais très bien. C'était Romy Schneider.

— Je vous dérange ?

Mon métier ne peut me tromper. C'était bien la voix de Romy Schneider, fluide, onctueuse, un peu rauque, avec une pointe d'accent.

— Pas du tout, c'est un plaisir, entrez, je vous en prie...

J'ai désigné le couloir. Elle est entrée sans se faire prier, un léger sac de toile à l'épaule. J'ai failli lui dire que c'était un honneur de l'accueillir chez moi. Je n'ai pas osé.

Au soir d'une journée aussi exécrable, je méritais cette récompense. La fatigue nerveuse est nocive, et une simple visite, au moment opportun, peut sauver une vie. Pour les suicides, nous médisons des Japonais et des Suédois, mais, d'après les statistiques, nous n'avons pas grand-chose à leur envier. J'y pensais en regardant Romy passer devant moi et pénétrer mon couloir.

Cette visite aurait dû me combler. Ce n'était pas si simple. J'avais peur, froid, chaud. Un fou braquait ma voiture, une morte débarquait chez moi alors que je regardais un animateur veule et moche parler sans le son à des sourds, tout cela ne tournait pas rond.

Sauf Romy.

Immobilisée à la porte du salon, elle regardait la pièce en souriant. Je lui ai désigné le canapé :

— Asseyez-vous, je vous en prie, faites comme chez vous !

Elle s'est dirigée avec détermination à l'opposé de la direction que je lui indiquais.

J'étais stupéfaite.

Elle s'est assise sur la chaise de chef africaine. Je comprenais son choix : malgré sa raideur, la petitesse de son assise, l'absence de coussin, l'austérité de son bois sombre, ce siège est le plus confortable de l'appartement et offre la meilleure vue sur le grand acacia planté dans la cour. D'autre part, la petite lampe jaune caresse avantageusement le visage de celui qui a la bonne idée de s'installer là sans se fier aux apparences.

Bien sûr, choisir l'éclairage le plus flatteur est un réflexe de professionnel. Je les connais, les comédiens. Surtout les actrices. Elles ont un talent exceptionnel pour soigner leur apparence.

Avec Romy, ce n'était pas ça. Si la lumière l'avait guidée, elle se serait assise sur le fauteuil crapaud qui se trouve lui aussi éclairé, entre paille et safran, par la petite lampe. Elle avait opté pour la chaise de chef parce qu'elle savait où s'asseoir. Le signe du sage.

Elle portait un jean et un long pull bleu clair à

maille fine. Elle était rayonnante, je ne sais à quel personnage elle ressemblait le plus, peut-être à Rosalie dans *César et Rosalie*, cette femme prise entre deux feux, et lesquels : Yves Montand et Samy Frey !

Elle devait avoir un peu plus de quarante ans. J'ai toujours admiré les femmes de quarante ans. La fleur est plus belle que le bourgeon. Mais la question n'était pas là. L'important, c'était Romy.

Au-delà de sa beauté, son regard. Intense. *Le regard du sourd*, j'ai pensé, certaine que l'émission avec l'animateur veule était un préambule à son arrivée. Je me suis rappelé *Le regard du sourd*, cette pièce mise en scène par Bob Wilson, et cette chanson d'amour de Richard Desjardins : « *J'avancerai vers toi avec les yeux d'un sourd...* »

Je ne prétends pas que j'avais ces yeux-là le soir du braquage, après l'arrivée de Romy. Mais je me sentais libérée. Quelqu'un m'avait délivrée de ma voiture. Oui, c'est le mot délivré qui me venait. J'avais vengé Gasp. Un professionnel avait liquidé son assassin. Je dis bien son assassin.

Un an et demi plus tôt, alors que Gasp et moi étions en vacances en Franche-Comté, mon compagnon rentrait des courses avec la Peugeot. Je lisais sur le balcon. Je lui ai demandé s'il avait besoin d'aide pour sortir les sacs Carrefour du coffre. Je l'entends encore me dire : « Pas la peine ! » J'ai vu la voiture descendre, Gasp avait sans doute mal serré le frein à main. La pente était très raide. J'ai crié,

Gasp a lâché les sacs en plastique et couru au-devant de la bagnole qui a pris de la vitesse. Il la repoussait de toutes ses forces, comme si ça pouvait servir à quelque chose. La bagnole l'a écrasé sur un rocher. Il est mort la nuit suivante à l'hôpital. Pour une voiture même pas cotée à *L'Argus*. Pourquoi ne m'étais-je pas débarrassée plus tôt de cette tueuse ?

— Il fait bon chez vous !

C'était vrai. Au moins vingt-cinq degrés. Le thermostat de mon chauffage est toujours réglé sur « canicule ».

Je me suis demandé si la pauvre s'était réfugiée chez moi pour avoir chaud. Comment savoir ? Je ne risquais pas de lui demander d'où elle venait. Forcément de nulle part !

Qui était cette femme assise sur ma chaise de chef ? Que voulait-elle ? Ses vêtements étaient bien trop légers pour la saison... d'où venait-elle ? Les morts ont-ils froid ? Comment endiguer les questions qui risquaient de gâcher ce moment exceptionnel ? J'essayais de freiner ces interrogations de toutes mes forces. Pas de pédale. La métaphore automobile était d'ailleurs malvenue. Ma voiture m'avait quittée.

— Je vous offre quelque chose à boire ?

— Volontiers.

Je lui étais reconnaissante de ne pas abuser en me disant : « Je ne voudrais pas abuser. » Elle ne disait pas de bêtise, elle n'avait pas le temps. Je mesurais ma chance.

J'ai imaginé une seconde prendre une photo pour

garder une preuve de sa visite. C'était impensable. La pauvre avait été suffisamment empoisonnée par les paparazzi au cours de son existence, je n'avais pas le droit de lui imposer pareil affront.

Le seul cadeau que je pouvais lui offrir : l'accueillir le plus normalement et le plus simplement possible, comme si je recevais une amie très chère. D'ailleurs, elle m'était chère.

J'avais été émue par sa mort. Romy Schneider représentait pour moi, adolescente, la beauté faite femme, le modèle de l'épanouissement, la femme idéale, et cette femme idéale était là. Chez moi.

Je ne me souvenais pas exactement quand j'avais appris la nouvelle de sa mort au journal télévisé, je devais avoir dix-sept ou dix-huit ans, j'étais en première ou en terminale. Je me suis engueulée de penser à ces bêtises au lieu de lui offrir à boire. Elle devait me prendre pour une demeurée.

— Alcool, jus de fruits, tisane ?
— Comme vous !

Elle avait répondu sans hésitation. Elle était nette. Dans ses paroles, dans ses gestes. Elle n'avait pas le temps de tergiverser. Pourtant, elle n'était pas pressée.

Elle m'a regardée, nous sommes restées les yeux dans les yeux quelques secondes. L'expressivité de son visage. Gaieté et tristesse dans un va-et-vient si rapide qu'il me transportait. Pouvoir être gaie quand on a été très triste, c'est ça, la force de quelqu'un. Romy était vivante. C'était idiot de penser ça. Une boule d'angoisse m'a noué la gorge. Je me souvins que son fils s'était tué en escaladant la grille du parc de la maison familiale. Il avait glissé. Une pique de bronze lui avait percé l'artère fémorale.

Peut-on survivre à une chose pareille ?

Non. Romy était morte peu de temps après, je ne savais exactement quand. Moins d'un an après la mort de David. Je me suis souvenue qu'on avait beaucoup parlé, à l'époque de sa mort, de ses problèmes avec l'alcool. Tisane ! J'étais trop bête.

— Un verre de vin, peut-être, j'ai dit, pour rattraper le coup.

— Si vous voulez !

Dans la cuisine, j'ai vu qu'il était 22 h 30 à l'horloge du four. J'avais une bouteille de champagne au frais, j'en ai souvent en réserve pour emporter chez les amis qui m'invitent à dîner.

— Du champagne, ça vous va ? j'ai dit, plongée dans la lumière verte du frigo.

— Pourquoi pas ?

Une voix, c'est une empreinte digitale. Unique, impossible à contrefaire. Je m'y connais. Cet accent, à la fois net et timide. Un fin balayage dans la blondeur de la voix.

Il fallait que je cesse de douter, je perdais mon temps.

Je contemplai l'intérieur de mon frigo qui sentait le camembert. Je ne parvenais pas à chasser certaines évidences : Romy Schneider, morte au début des années quatre-vingt, ne pouvait être assise à vingt-deux heures trente dans mon canapé, à Belleville, au début du troisième millénaire.

J'envisageai quelques solutions : la star avait mis

en scène sa disparition au début des années quatre-vingt parce qu'elle ne voulait plus voir personne, et je la comprends. Elle s'était enfuie quelque part au Pérou dans un couvent du XVIᵉ siècle où elle avait coulé une retraite heureuse, là-bas, très loin, au pied des Andes. Puis, guérie de ses plaies, poussée par la curiosité, elle avait décidé de revenir.

Là, mon raisonnement se grippait. Pourquoi avait-elle sonné chez moi ? Pas le moindre début de réponse. En attendant, je devais prendre le moment comme il venait. Mais je ne m'abandonne pas facilement. Je me prive sans raison des moments les plus agréables. C'est absurde. Je ne crois ni en Dieu, ni en l'au-delà. « Moteur ! » à la maternité, « Coupez ! » à la morgue. Pas de seconde prise, la première doit être la bonne. Rien à faire pourtant, j'ai un mal fou à me « lâcher », comme on dit, l'expression n'est pas belle, mais je n'en connais pas d'autre. Gasp râlait d'ailleurs fréquemment contre mon incapacité à vivre l'instant. Ce qui ne m'avançait guère. Se sentir coupable n'aide pas du tout à éprouver du plaisir.

J'ai fouillé mon placard, trouvé un paquet de biscuits à la cuiller. Avec le champagne, ce serait parfait.

Je suis revenue vers le salon avec le champagne, les coupes et les biscuits. Romy souriait. Solaire. C'était bien elle.

Je me suis efforcée d'ouvrir la bouteille sans en mettre partout, ce qui est plutôt dans mes habitudes. Nous avons trinqué, elle a trempé ses lèvres dans la coupe avec gourmandise. Le champagne lui plaisait. C'était banal. Mais contempler son plaisir me procurait un curieux bien-être.

Elle regardait l'acacia, la nuit. Je me sentais grise, un peu comme les personnages secondaires laissés flous à l'arrière-plan d'une scène cinématographique.

Je balançais sans cesse entre un état de paix et un trouble embrumé de questions sans réponses. Je répondais bien évidemment oui à celle-ci : « Échangeriez-vous votre voiture contre une rencontre exceptionnelle ? »

Des reflets colorés dansaient sur le mur de ma chambre, je me suis levée en m'excusant pour aller éteindre la télé. La vision du récepteur m'a foutu le cafard. Me sont revenues en mémoire la laideur de l'animateur, la mort de Gasp, ma voiture qui disparaissait en points rouges vers le Père-Lachaise.

Tout en cherchant la télécommande sous la couette, je constatai que l'animateur et sa bande de sourds avaient disparu de l'écran. J'eus le temps d'apercevoir quelques images d'une publicité pour un fromage. Romy avait-elle faim ?

Elle avait répondu à la question en ouvrant le paquet de biscuits à la cuiller. Elle mangeait avec appétit. Je ne précise pas avec élégance, cela va de soi.

Je me suis souvenue d'un précepte zen appris quand, après la mort de Gasp, je m'étais courageusement assise pendant des heures sur un coussin de zazen en demi-lotus pour ne pas perdre la face : « Si tu as faim, mange ! » Je me suis souvent demandé si le zen tenait d'un en-deçà du bon sens ou d'un au-delà du surréalisme.

Romy, elle, ne s'interrogeait pas. Elle avait faim, elle mangeait. Dans le paquet, il ne restait que deux biscuits.

Je trempai les lèvres dans ma coupe. J'avais le ventre vide, l'alcool me fit tout de suite de l'effet. Le pétillement glacé me creusait l'estomac, ma tête en frémissait.

Romy avait de belles mains. Jeunes. Je ne connaissais pas sa date de naissance, mais elle avait au moins vingt-cinq ans de plus que moi, c'est-à-dire soixante et un, soixante-deux. Rien d'elle pourtant n'avait cet âge, ni ses lèvres, ni ses mains, ni ses yeux. Elle était sublime comme on peut l'être à quarante ans.

Elle avait quarante ans.

Donc, le couvent au Pérou, que j'imaginais au pied d'un volcan au sommet blanchi par les neiges éternelles, n'avait pas existé. Même à l'abri du soleil et de la pollution, dans un monde de silence et de paix, personne ne pouvait s'arrêter de vieillir pendant vingt ans.

J'étais repartie dans mes interrogations stériles. Absurdes. À quoi bon chercher une explication rationnelle à une situation qui ne l'était pas ?

Je suis comme ça, je n'y peux rien. Je me fais de la bile tout le temps. J'admire ceux qui, quoi qu'il arrive, prennent les choses comme elles viennent,

sans se faire de mouron. Quand je dis « admirer »,
c'est hypocrite, j'ai tendance à supposer ces personnes trop confiantes pourvues d'une intelligence
au-dessous de la moyenne.

J'aurais pu accueillir Romy Schneider sans la
moindre arrière-pensée, en lui demandant un autographe pour mon filleul ou ma voisine de palier, mais
j'aurais eu honte de pareils enfantillages. D'ailleurs,
je n'avais pas de filleul, et je ne connaissais pas ma
voisine de palier.

Romy m'avait choisie car je vivais seule, ampu-
tée de ma voiture, ce qui ne m'empêchait pas d'avoir
du champagne au frais. J'avais mérité sa visite.
J'en étais fière. Ma nervosité, mon découragement
s'étaient envolés. Certes, j'avais raté un rendez-vous
téléphonique avec Ajeg Korn, et je le regrettais,
mais il fallait fermer des portes pour que d'autres
s'ouvrent. Lâcher prise afin de garder Romy. Lâcher
prise. Je n'étais pas du tout douée pour ça. Mais tout
s'apprend. Je pouvais tenter ma chance.

Je nous resservis du champagne. Romy porta la
coupe à ses lèvres, en but une bonne moitié avant
de la reposer avec délicatesse.

— Votre cour est très agréable, elle fit.

L'accent inimitable de Romy. Je me suis souvenue
qu'elle avait joué avec Alain Delon dans *Dommage
qu'elle soit une putain* mis en scène à Paris par
Luchino Visconti en 59 ou 60, peut-être 61. Pour ce
rôle, elle avait appris à parler un français parfait.
Et alors ? Pourquoi penser à ça ? Le passé n'avait

aucune importance. Romy était là, chez moi. Seule sa présence m'importait. Regarder son visage pétiller me suffisait.

Elle aimait donc la grande cour sur laquelle s'ouvrent mes fenêtres. Une cour pavée, vestige d'un relais de poste et classée monument historique, entourée de jardins le long de l'immeuble et derrière les grilles des trois pavillons de la copropriété.

— C'est très calme, et c'est important, je déteste le bruit, j'ai précisé.

— Le bruit n'est pas forcément pire que le silence.

Elle avait dit ça d'une voix très étouffée, presque inaudible. J'en eus des frissons, à cause de la tombe. Lointainement, je pensais aux sourds enfermés dans le silence. Je me gardai de l'interroger.

Romy était là. J'espérais que cela durerait, que j'aurais le temps de m'habituer, c'est bon de s'habituer.

J'avais vécu dix ans avec Gasp. À partir de la cinquième année, je n'étais pas plus heureuse, non, c'était autre chose. Un sentiment de paix. De sécurité. La conviction d'être définitivement deux. Certes, personne ne peut être définitivement deux, pas même définitivement un. Mais seuls les bouddhistes savent que les choses ne durent pas, et je n'ai pas de religion.

Avec Gasp, au bout de quelques années, je ne pensais plus à l'amour, il n'était plus une question. Or, ce sont les questions les plus fatigantes. Surtout pour une dingue comme moi qui cherche des réponses aux interrogations les plus inutiles.

Bien sûr, notre couple n'incarnait pas l'idéal. Nous étions attachés l'un à l'autre. Attachés. Cette expression évoque le plat un peu brûlé. Ou l'explorateur ficelé à un poteau pour un futur méchoui. Gasp et moi n'en étions pas là. Nous n'avions pas à nous plaindre. Nous tenions l'un à l'autre, et à peu près debout. Nous jouions convenablement nos rôles. Seuls les applaudissements manquaient de vigueur, ce que je considérais comme parfaitement normal. Le ménage de mes parents ne m'avait pas laissé d'illusions sur l'amour conjugal. Davantage qu'un couple, mon père et ma mère formaient une équipe, parce qu'il est plus facile de s'en tirer à deux que tout seul. La vision plus exaltante de l'amour, c'était *pour de rêve*.

Pendant des années, j'avais été la moitié de Gasp. Lui, du coup, avait compté pour un et demi. Pas fou, il ne partageait pas. Mon boulot, mes parents, mes désirs d'artiste, ce n'était pas son affaire. Seule son œuvre importait.

Romy, elle, libérée de ses ambitions, était disponible, ce qui est la marque d'un grand talent. J'espérais déjà qu'elle m'aime, qu'elle m'aide.

Pour l'encourager, je devais l'accueillir sans l'admiration béate, pleine de désolation et de jalousie qu'elle avait dû lire, toute sa vie de star, sur les visages inconnus qui se tendaient vers elle. Je devais être naturelle. Oui, c'était le plus important.

Romy me montrait l'exemple. Elle avait mangé tous les biscuits à la cuiller.

— Voulez-vous que nous allions dîner ? je proposai, de l'air le plus dégagé qu'il m'était possible d'afficher sur le profond trouble qui m'agitait.

— Volontiers...

Romy voulait sortir. Qu'allait-il se passer dès que nous serions rue de Belleville ? On allait la reconnaître, l'importuner. Serais-je capable de la défendre ?

D'abord, où l'emmener à vingt-deux heures cinquante ? Le lundi, les restaurants les plus proches sont fermés, ils se donnent tous le mot, ce qui m'exaspère. Descendre jusqu'au carrefour de Belleville et ses chinoiseries ? Je ne me voyais pas avec Romy dans Chinatown. Peut-être vers les jardins de Belleville ? Plusieurs restaurants devaient être ouverts tard.

Elle s'étira, et, dans un souffle :

— Je me sens tellement mieux.

Mieux ici que là-bas ? Où ? Toute interprétation aurait été abusive. Elle me conseillait simplement d'imiter sa bonne humeur.

Je nous resservais du champagne lorsque le téléphone a sonné. J'ai pensé aux flics. Peut-être avaient-ils retrouvé ma voiture. Je me suis excusée et j'ai décroché.

C'était Ray.

À cette heure-là, sa femme était déjà couchée, il en profitait pour m'appeler de son portable, caché au fond du salon, ses murmures couverts par le son de la télé. J'avais l'habitude.

— Je pensais à vous, chérie, comment allez-vous ?

— Très mal, Ray, je me suis fait braquer ma voiture, je n'ai pas le temps de te parler, je ne suis pas seule, je te rappelle demain.

J'ai raccroché.

Le pauvre allait mal dormir. Tant pis. Je n'avais pas réfléchi, ça m'était venu comme ça. J'aimais Ray. Notre rencontre avait été ma chance. Elle avait agi sur moi comme un puissant antidépresseur après la mort de Gasp. Mieux que le coussin de zazen.

Ray avait bien fait son travail. Au lit, devant son corps d'arabesques et sa douceur de duvet, bercée par sa voix de crooner, je ne pouvais m'empêcher d'allumer mon briquet et de tenir longtemps la flamme. Aucun homme ne m'avait aussi bien léchée, fouillée, palpée. J'adorais fourrer mes mains dans son slip tendu d'espoir, glisser mes doigts partout, fruits frémissants, puits onctueux. Mes bonheurs avec Ray, je ne les prenais donc pas à la légère. Mais il y avait Romy.

Pas question d'interrompre mon tête-à-tête avec ma visiteuse. Ray le comprendrait plus tard. Il n'aurait pas le choix. Il lui faudrait accepter Romy.

Ma visiteuse avait bu sa coupe pendant le coup de fil qui ne l'avait apparemment pas intéressée. Moi non plus. Un amant, c'est formidable lorsqu'on a un mari ou un compagnon. Mais à quoi bon une doublure quand on n'a pas la star ? Ray comme cascadeur quand Gasp tenait le premier rôle, ç'aurait été parfait. Hélas, dans les conjugaisons amoureuses, les problèmes de concordance sont insolubles. Satanée Peugeot !

Romy s'était levée, prête à partir. J'hésitais à me changer. Pas de temps à perdre.

J'ai enfilé un gros pull par-dessus mon pyjama bleu, une doudoune, et des chaussures synthétiques imperméables, qu'on peut porter sans chaussettes.

Romy a accepté mon manteau en veau doublé de polaire. J'ai apprécié le naturel avec lequel elle se comportait.

J'étais pleine d'espoir.

Dans la cour, Romy glissa affectueusement son bras sous le mien. Je me sentais parfaitement gaie.

Je me promenais rarement blottie contre Ray, et j'en avais marre. Pratiquer les amours clandestines, c'est entrer dans une salle de cinéma au milieu de la séance. Prendre le film comme il vient, sans suspense, sans espoir de trouver le coupable, et je ne parle pas du début quand on connaît la fin : l'impasse de l'adultère, tout le monde est d'accord !

Au bras de Romy, j'oubliais Ray. Je sortais dîner avec une amie, rien de mieux ne pouvait m'arriver.

La cour était décidément belle. Vaste. Calme. J'étais plus grande que Romy, d'au moins dix ou douze centimètres. Cela ne nuisait pas à notre étreinte. Son corps plein s'assortissait parfaitement à ma silhouette maigre. Pour une fois, je ne me sentais pas complexée par ma taille trop haute, trop sèche. Enfant, j'étais allergique aux céréales, à l'armoise, et il paraît que j'ai grandi plus vite que les autres pour m'éloigner du sol et des végétaux nocifs. Il s'agit sûrement de bêtises, comment savoir ?

Quand nous sommes passées devant la loge de la concierge, le silence m'a rassurée. J'avais craint les pleurs de la petite dernière ou les lamentations de sa mère.

Nous ne nous sommes pas détachées l'une de l'autre pour ouvrir la lourde porte du porche et en franchir le seuil. Cette intimité m'emplissait d'une délicieuse sensation de légèreté. Ce plaisir rare est peut-être réservé à ceux qui osent quitter leur abri : Romy son cercueil, et moi ma Peugeot. Savourer cet état d'apesanteur.

Dès que nous avons été dans la rue, les choses se sont compliquées. Devant le porche, attendait le mendiant de la copropriété, notre sans-domicile-fixe en somme, qui accomplit chaque jour à notre porte ses huit à dix heures de manche, avec ses habitudes et ses habitués. Il n'échappe ni à la rationalisation du travail ni à sa répétitivité. Il prend son poste vers huit heures et demi-neuf heures. À treize heures, il a de quoi payer les huit euros cinquante du menu du jour à *La Cagnotte de Belleville*, plus un demi de rouge, un café et un paquet de cigarettes. Il se remet ensuite au travail, et son butin de l'après-midi lui permet de grignoter un sandwich et de louer une chambre dans un hôtel de la rue des Pyrénées. Les occupants de la copropriété et les habitants du quartier sont sensibles à son indéfectible régularité. Beaucoup, comme moi, lui donnent une pièce trois ou quatre fois par semaine.

D'habitude, il ne travaillait pas si tard. Ses heures supplémentaires m'ont encouragée à fouiller la poche de ma doudoune.

— Ça va ?

Je m'en suis tout de suite voulu. Au lieu d'épargner à Romy d'inutiles contacts avec la réalité, je demandais à ce pauvre homme si ça allait. Bêtise notoire : je ne vois pas comment on peut faire la manche et aller bien !

Effectivement, il ne tenait pas la forme. Son hôtel de la rue des Pyrénées l'avait jeté dehors. Il était allé voir l'assistante sociale pour réclamer son aide, elle était en vacances.

— Vous ne trouvez pas de petits boulots pour vous dépanner.

— Je ne peux pas, à cause des poches...

Il me désignait son ventre. La vision de sa merde emmagasinée dans un sac entre nombril et pantalon a fait courir un frisson glacé sur mes reins.

La veille, le type était parti à Caen voir son frère. Dans le train, la poche s'était mise à gonfler, gonfler, il était revenu à Paris pour la changer, parce que, d'habitude, elle lui faisait quarante-huit heures, mais là...

La bile affluait dans mon estomac vide, envahissait mon œsophage. La tête me tournait, à cause du champagne. De la faim aussi. Je n'avais mangé aucun biscuit à la cuiller.

Romy, elle, le regardait sans aucune gêne, avec le même sourire tranquille qu'elle m'adressait lorsqu'elle était assise sur la chaise de chef.

J'ai posé un billet dans la main de l'homme aux poches. Il m'a remerciée comme si je lui avais donné ma chemise, et Romy m'a suivie, toujours accrochée à mon bras.

Elle m'aimait bien. Je le sentais à la chaleur qu'elle me communiquait. L'affection partagée procure un délicieux bien-être. Je crois que je l'avais oublié.

Vu son âge, Romy aurait pu être ma mère, mais vu son apparence, on l'aurait plutôt prise pour une fille de ma mère. Ma sœur, en somme. Je l'aurais préférée comme mère. Je n'avais pas de sœur, ça ne me manquait pas. En revanche, j'avais une mère, et elle me manquait. D'ordinaire, mais pas aux côtés de Romy. En sa compagnie, rien ne me faisait défaut. Son insouciance et sa gaieté m'enveloppaient. Tout paraissait lui plaire. Elle marchait les yeux grands ouverts. La tête haute. Sereine. Silencieuse. Tout à fait avec moi et complètement seule. Ce dont j'étais incapable. Tellement emmerdante ! Être seule avec quelqu'un dont j'appréciais la compagnie ne me suffisait pas. Je débordais. J'en voulais davantage. Romy aurait été déçue de savoir à quel point je me lamentais, réclamant qu'on m'aime, qu'on me rassure, qu'on s'occupe de moi, qu'on me considère comme rare et précieuse. Une calamité.

Si j'avais eu le choix, j'aurais préféré ne pas me rendre visite. Pas du tout agréable à vivre, la jeune femme, je m'en rendais compte. Je transformais déjà ma visiteuse en maman. Quelle pauvreté d'esprit ! J'en avais une, de mère. Je devais m'en prendre à moi si je manquais d'affection pour elle. D'ailleurs, aimer ses parents n'est pas une obligation. Pourtant, ce désamour m'encombrait : ma mère, n'ayant pas vraiment place dans mon cœur, m'accompagnait partout. À sa mort, une part de moi disparaîtrait dans la terre ou dans la fumée du crématorium, c'était malin. La grève du cœur rend l'amour obsédant. L'équivalent collectif serait une coupure générale d'électricité dans un pays développé. L'absence de courant deviendrait le centre de toutes les préoccupations, alors qu'en temps normal, tout le monde se fout de l'électricité.

Je ne désespérais pourtant pas. Après sa mort, je me réconcilierais peut-être avec ma mère. Gasp, depuis sa disparition, était un compagnon délicieux, beaucoup moins égoïste qu'autrefois. Cette notable amélioration de notre relation me poussait à l'optimisme. Les morts sont généreux. Ne cherchant plus leur propre bien-être, ils ne pensent qu'au bonheur de leurs survivants.

Le silence de Romy me disait tout ça. Elle embrassait la vie à pleins bras, osait toucher le bonheur. Même morte, elle aidait les autres à vivre.

Je serrai son bras un peu plus fort. Tous les passants pouvaient avoir de la merde plein les poches, toutes les bagnoles être braquées par des fous à gros nez, je m'en foutais. J'étais apaisée.

Nous avons dépassé la rue des Pyrénées, et l'atmosphère du quartier est devenue sinistre. Conduire Romy dans un restaurant si tard un lundi d'hiver n'était pas une bonne idée. Je me reconnaissais bien là, j'aimais compliquer les choses. J'aurais pu téléphoner à un service de restauration à domicile. Je n'y avais pas songé.

Romy m'a distraite de mon inquiétude :

— Vous avez un fiancé ?

J'ai imaginé Ray se retournant dans son lit aux côtés de sa femme qui dormait à oreilles fermées par des boules Quies pour ne pas l'entendre ronfler plus tard. Cette image ne m'a pas plu. Non, je ne pouvais être fiancée à un homme qui me trompait avec sa femme. Ray avait beau prétendre qu'il ne couchait plus avec elle, on connaît la chanson : un coït est si vite arrivé. Un rêve croustillant et on se retrouve emmanché à une femme en boules Quies qui fait semblant de dormir en espérant que ça ne durera pas trop longtemps.

Et puis, comment faire confiance à Ray ? Depuis quinze ans, il était marié et adultère. Il prétendait qu'aucune de ses maîtresses n'avait compté autant que moi. C'était peut-être vrai. Mais je ne me sentais pas en sécurité avec un homme si attentif à tromper sa femme pour mieux la garder. Je reconnaissais pourtant que je n'aurais pas partagé autant de plaisirs avec Ray s'il avait pu me demander en mariage. Compliments, déclarations, caresses auraient tourné court. J'avais au fond de la chance. Ce qui est entièrement consommé est fini, personne ne peut nier cette évidence... À quoi bon accabler Romy avec ces détails ?

— Je suis veuve ! j'ai dit.

J'employais ce mot pour la première fois. Il me parut parfaitement naturel. J'avais vécu dix ans avec Gasp. Même si nous n'étions pas mariés, j'avais le droit de me déclarer veuve. Pourquoi ne me l'étais-je pas accordé jusqu'alors ?

De l'endroit d'où Romy venait, le mariage était anecdotique. Gasp et moi, nous nous étions choisis. Il avait peint à mes côtés. Pour moi. Ses œuvres étaient les enfants que nous n'avions pas eus. Nous ne mettions pas ça en question.

Ses parents, si. Le jour de l'enterrement, ils avaient récupéré toutes ses toiles, tous ses dessins, sans omettre de me dire : « Vous n'êtes rien officiellement. » J'avais fui les rectangles blancs sur la crasse des murs, quitté Montmartre pour Belleville. Le seul héritage de Gasp, c'était la Peugeot, à mon nom pour des histoires d'assurance. Décidément, je n'étais rien officiellement. On était allé jusqu'au braquage pour me le faire entrer dans le crâne, mais j'avais obtenu la récompense : avec Romy, j'étais officiellement beaucoup.

— J'ai perdu mon compagnon dans un accident de voiture, j'ai expliqué.

Cette expression m'a paru incongrue. « Accident de voiture. » Comme si la voiture était coupable et victime. Comme si le mort ne comptait pas. Comme si l'histoire se passait sans lui.

— C'est toujours un accident, a dit Romy.

Il est vrai que la mort est toujours imprévue, sauf par suicide bien sûr. Romy devait en savoir quelque chose. S'était-elle suicidée ? Journaux et télévisions, à l'époque, avaient parlé d'une overdose de somnifères absorbés avec de grandes quantités d'alcool... Suicide, imprudence ? Prévu, imprévu ? Aucune importance. Romy était là. Le désespoir ne l'habitait plus.

J'ai pensé qu'un jour, ce ne serait pas si bête, on pourrait mourir à la carte. Chacun disposerait d'un compte de points comme pour la retraite et serait autorisé à disparaître pendant un certain nombre de décennies réparties à sa guise. Trente ans de vie, vingt ans de tombe, dix ans d'une nouvelle existence...

En y réfléchissant, je ne suis pas certaine que le système fonctionnerait. Abandonner ses habitudes, ses proches ? La plupart des futurs morts sont trop routiniers pour ça. Même moi. Pas d'importance. J'étais vivante, et contente de l'être.

Ça n'a pas duré. Nous marchions rue Piat, et j'ai beau aimer mon quartier, je n'étais pas rassurée.

Des cônes de lumière verdâtre tombaient des réverbères sur les chaussures immenses de jeunes gens très hauts fumant des substances illicites.

D'un moment à l'autre, un de ces basketteurs pouvait nous agresser, nous dépouiller, nous violer. Le climat du scénario induisait ce genre de séquence. Je faisais courir des risques insensés à Romy, j'étais cinglée.

Nous avancions vite, serrées l'une contre l'autre. La traversée de ce film noir semblait amuser Romy. C'était généreux de sa part. Je culpabilisais pourtant. À part la cour qui sommeillait sous mes fenêtres, le champagne frais dans mon frigo, je lui faisais découvrir un-sans-domicile fixe sans intestins, des bandes de voyous menaçants. J'étais mauvais guide.

Au-dessus des jardins de Belleville, un profond découragement m'a saisie : les trois restaurants qui, les week-ends d'été, accueillent une clientèle jeune et joyeuse, étaient fermés. Au-delà du jardin, trois lumières jaunes palpitaient faiblement dans une obscurité brumeuse. Difficile d'imaginer le panorama sur Paris qu'offrait cette placette les jours de beau temps.

Le vent profita de cette désolation pour siffler dans les branches nues qui s'agitaient derrière les grilles. Je claquais des dents.

Je n'avais aucune envie de rebrousser chemin pour

provoquer les basketteurs aux grands pieds, et je refusais de nous croire prises au piège.

— Vous accepteriez de marcher encore ?

— Ça me fait beaucoup de bien !

J'avais de la chance. Romy savait se contenter de peu. D'où elle venait, les actes les plus ordinaires devaient paraître aventures exaltantes. Mourir deux ou trois fois au cours de l'existence serait décidément une aubaine, un générateur de joie de vivre. *La mort à la carte* est un slogan qui fera fureur un jour ou l'autre, j'en suis sûre.

Nous sommes parties bras dessus bras dessous vers la rue des Cascades. J'avais l'espoir de trouver ouvert le petit restaurant auvergnat, proche de la Fontaine du roi Henri, où a été tourné *Casque d'or*, avec Simone Signoret. Il me semblait y avoir dîné un lundi soir avec Ray.

La devanture du restaurant était éclairée. Nous sommes entrées. Je me suis avancée vers le bar en demandant si nous pouvions encore dîner, le patron m'a répondu « bien sûr ».

Le visage de Romy s'est animé, est devenu malicieux. J'étais contente pour elle.

Rassurée aussi : le type ne s'adressait pas particulièrement à elle. Je me surpris à calculer. Il avait une trentaine d'années. Donc dix-douze ans au moment de la disparition de Romy. Ni cinéphile ni amateur de télé, il ne l'avait tout simplement pas reconnue.

Nous avons bu du vin rouge en pichet tout en choisissant notre menu, installées à une table au fond de la minuscule salle.

— Je suis ravie, m'a confié Romy.

Je n'en doutais pas. Son sourire me rappelait sa joyeuse beauté dans les films de Sautet.

Romy était l'idole de Gasp. Il avait vu une douzaine de fois *Le vieux fusil*. Je ne partageais pas son enthousiasme. J'appréciais la présence de Romy, son jeu, son rire. Pas le film. Gasp, lui, aimait les histoires qui font pleurer. Avec Romy, il aurait plutôt souri. Elle n'était pas du tout triste.

S'il avait su que son idole allait me rendre visite en début de millénaire, Gasp aurait sacrifié la Peugeot. À vrai dire, je n'en étais pas sûre. Il avait préféré sa voiture à la vie, son œuvre à moi. L'actrice Romy Schneider lui importait probablement plus que la personne. Pauvre Gasp ! J'imaginais ses toiles si précieuses entassées dans le grenier de sa famille officielle entre les pommes, un vieux Teppaz, et le matériel de camping. Il n'avait décidément pas effectué le bon choix.

Romy voulait de la saucisse au chou, et moi une potée auvergnate. Le patron était désolé, il ne lui restait aucun de ces deux plats. Je ne protestai pas. Romy n'aurait pas du tout aimé m'entendre râler, elle n'avait pas de temps à perdre.

Le patron nous conseilla le petit salé aux lentilles. Un bon plat d'hiver. Romy était d'accord. Ses yeux rieurs étincelaient.

— Vous êtes très jolie, elle chuchota.

Je me suis sentie belle. Malgré la fatigue, la journée exécrable, l'absence de maquillage, mon visage luisant de crème de nuit, mon pyjama. Pour la première fois, je dînais au restaurant en pyjama. Il y a des débuts à tout.

J'ai dit merci et nous avons trinqué. Je remportais une victoire notable, j'en ai été consciente tout de suite. Accepter un compliment, m'abandonner à ce plaisir-là, je n'avais pas l'habitude. Je ne croyais pas aux délicieuses douceurs que Ray murmurait à mon oreille. Dire à une femme qu'elle est merveilleuse, indispensable, inespérée, suffit pour tout obtenir d'elle, en tout cas de moi. Ray savait mon insatiable besoin d'être rassurée et je n'en ignorais pas l'absurdité : aucune flatterie ne peut tranquilliser une incrédule. Mais, avec Romy, la paix était envisageable et tout semblait possible. Même ma splendeur.

Quand les petits salés sont arrivés fumants sur notre table, j'ai servi ma visiteuse. Elle a mangé avec appétit. Le spectacle de la plupart de mes contemporains attablés m'afflige et m'emplit de dégoût. Romy, elle, savait avec une grâce infinie, une joie enfantine et mesurée, porter la fourchette à ses lèvres, mâcher, avaler, en buvant de temps à autre un peu de vin.

Face à elle, je mangeais, heureuse d'avoir quitté ma couette, ma télévision sans le son, les regards des sourds et tous mes soucis.

Quand elle eut fini, après s'être resservie deux fois, ses joues étaient roses. Elle continuait à boire du vin à petites gorgées. C'est là qu'une voix a retenti :

— J'y crois pas...

Un homme gesticulait près de notre table. Il prononça les mots que je redoutais d'entendre depuis que nous avions quitté mon appartement :

— C'est elle ?

En tremblant, je levai les yeux vers l'individu, je

devrais plutôt dire la boule, car il était presque aussi large que haut.

Il me regardait, l'œil écarquillé, la main posée à plat entre ses deux clavicules, dans une immobilité ridiculement théâtrale. Oui, c'était bien moi qu'il regardait. Il ne semblait pas voir Romy.

Qui était ce type capable de me jouer une telle comédie ? Il était habillé en dépit du bon sens. Un tee-shirt bleu clair couvrait en partie un sweat-shirt bleu marine, ça devait être une tenue de travail, ce n'était pas possible autrement. Le cuisinier du restaurant ? Que me voulait-il ? Devant ce bloc de sain-doux, Romy devait regretter de m'avoir rendu visite. Comment la protéger de cet importun ? Il me suffisait de clamer : « Je vous en prie, vous faites erreur, je ne vous connais pas ! »

Je me taisais pourtant. Une curieuse sensation m'embrumait l'esprit. Ce visage m'était lointainement familier. Derrière le gras, se cachait peut-être quelqu'un que j'avais connu enfant. Un gamin qui avait travaillé pendant des années pour ressembler à cette masse de saindoux...

Peu à peu, je finis par dégager des couches de graisse un souvenir : Boris ! Un comédien avec lequel j'avais travaillé quinze ans plus tôt. Un minable qui m'avait harcelée à l'époque pour me clamer sa flamme.

Il s'approcha, me fit un baisemain.

— Tu es toujours aussi belle, incroyable !

Sans adresser le moindre regard à Romy, il se pencha légèrement vers moi dans une sorte de révérence, puis, stupéfait :

— Fais voir tes dents, mais... mais tu as changé tes dents de devant !

— Boris, je t'en prie, nous ne sommes pas dans une écurie.

Il s'est excusé. Romy avait le fou rire, qu'elle cachait délicatement derrière sa main.

— C'est incroyable ! Quelle coïncidence !

Il n'avait pas le sens de la réplique et son visage plein de fascination m'exaspérait.

— Tu habites le quartier ?

J'ai répondu oui sans réfléchir, en me jurant de ne pas lui donner mon adresse. Il est longuement resté à me regarder, comme si j'étais une apparition de la Vierge Marie, puis s'est incliné dans une nouvelle révérence :

— À bientôt ! On se reparle très très vite.

J'ai grimacé un sourire, hoché la tête en espérant ne jamais le revoir. J'ai demandé l'addition, et nous sommes parties, Romy et moi, bras dessus bras dessous, dans les rues désertes.

Il faisait toujours aussi froid, mais le vent avait chassé la brume. Quand nous avons grimpé l'escalier de la rue de la Mare, Romy s'est arrêtée, a tendu le bras vers la demi-lune qui pétillait au milieu d'un lac fluorescent.

— Magnifique !

Son accent m'a paru plus marqué sur ce mot, comme si elle plongeait tout à coup dans son enfance germanique.

Gasp avait vécu à Berlin. Était-ce là-bas qu'il s'était pris de passion pour Romy ? Je ne me l'étais pas demandé jusqu'alors. À propos de Gasp, j'ignorais beaucoup de choses. Au fond, je ne m'étais guère intéressée à lui. Je lui préférais mes éternelles interrogations : m'aimait-il autant qu'avant, m'avait-il jamais aimée, m'aimait-il aussi fort que je l'aimais soi-disant, tous ces « m », ces aime, hum hum...

Romy ronronnait de plaisir. La demi-lune était nette, transparente comme l'écaille d'un poisson. Je n'en revenais pas d'être là, dans le froid, à minuit, en train d'admirer la lune. J'avais plutôt l'habitude de marcher en regardant mes pieds. Mais l'amour donne une seconde paire d'yeux pour découvrir ce qui restait jusqu'alors invisible. Suivre le regard de Romy. Je mesurais ma chance.

Pourtant, j'avais peur. Même dans la lune, je me faisais du souci, comme disait ma mère. Devant le porche, Romy me dirait au revoir et merci. Son monde, c'était la lumière des astres, ses ronronnements de chat, pas mes ennuyeux besoins affectifs.

Lorsque nous sommes arrivées devant chez moi, le sans-domicile-fixe de la copropriété avait abandonné son poste. Le cœur battant, j'ai poussé la porte. Romy me tenait toujours le bras, avec le plus grand naturel. Elle restait avec moi. Peu m'importait alors de ne pas en mériter tant.

Tout était tranquille dans la loge de la concierge. La cour, baignée par le clair de lune, semblait plus vaste que d'habitude. Nous l'avons traversée calmement, bras dessus bras dessous.

Chez moi, tout m'a semblé facile, évident. Je lui ai montré la salle de bains, donné une chemise de nuit, deux serviettes de bain. Pendant qu'elle faisait sa toilette, j'ai changé les draps de mon lit, vaporisé de l'essence de lavande sur les oreillers. Je n'avais plus peur du tout.

En revenant vers le salon, j'ai entendu les clapotis de son bain, j'étais heureuse qu'elle fasse comme chez elle. J'ai ouvert le canapé et préparé ma couche.

Dans la même soirée, je me séparais de ma voiture

et de mon lit. Je n'avais aucune affection pour ma voiture, mais j'aimais mon lit. Lorsque j'y paressais, j'avais l'impression d'étreindre, d'être enlacée. J'étais heureuse d'offrir cette paisible sécurité à Romy.

Quand elle est sortie de la salle de bains vêtue de ma chemise de flanelle, je l'ai conduite jusqu'à mon lit. Elle s'est allongée. J'ai arrangé la couette sur elle, puis je me suis couchée sur le canapé du salon.

L'animateur-télé paraissait lointain. Je revoyais ma voiture disparaître avec tous mes papiers. Ses deux points rouges filer vers le Père-Lachaise. Je m'entendais crier au milieu du boulevard de Belleville et je courais. Je crois que c'est en courant que je me suis endormie.

J'ai émergé de l'obscurité la plus noire, la partie frontale de mon crâne semblait encore assoupie, pourtant, lorsqu'elle a heurté le mur, j'ai eu très mal. Réflexe malheureux, je décroche toujours le téléphone à gauche de mon lit, or, j'étais dans le canapé du salon, le téléphone sur ma droite.

Il était 8 h 30 au réveil digital qui trône sur la bibliothèque, je n'en revenais pas d'avoir dormi si tard, je me réveille le plus souvent entre six heures et sept heures.

J'ai entendu un type un peu bègue, ou qui l'avait été plus jeune car il avalait les mots, me demander si j'étais bien moi. Sans attendre d'en être sûre, j'ai dit oui. C'était le commissariat du 20e, on leur avait rapporté mon sac. Je me suis souvenue de la voiture partant vers le Père-Lachaise avec mes biens les plus précieux.

— Je serai là dans une heure.

Je raccrochais lorsque Romy est apparue à la porte du salon, prête, habillée, coiffée. Je n'avais pas eu le temps de me demander si elle existait vraiment. Elle avait choisi d'apparaître ainsi dès mon réveil afin de m'épargner ce souci.

Elle m'a dit bonjour, avec sa voix de Romy Schneider. J'ai giclé du lit, filé à la cuisine pour préparer le café. Romy avait dormi dans mon lit, elle attendait que je lui serve le petit déjeuner, la vie était belle.

Quand je suis revenue dans le salon avec le café, le beurre, les biscottes, la confiture sur un plateau, la table était mise. Romy avait trouvé dans le vaisselier les sets de table, les bols, les couverts.

— Il fallait pas !

Je me suis entendue parler comme ma mère, ça m'a foutu un coup.

Romy était assise face à la cour et au ciel. Je me suis alors rendu compte qu'il faisait très beau, très bleu.

— Pourquoi dites-vous ça ?

Je me voyais mal lui expliquer qu'il arrivait à ma mère de s'exprimer à ma place. Elle habitait à trois cent cinquante kilomètres, mais elle avait des dons de téléguidage prononcés. J'ai préféré rigoler :

— Je dors encore !

Nous avons pris le petit déjeuner sans parler. Une bénédiction. Je ne suis pas causante le matin, et j'ai horreur qu'on me brusque.

De plus, j'avais besoin de réfléchir pour m'organiser. Je devais me rendre au commissariat, j'allais arriver en retard au studio, ce qui n'était pas dramatique, mais qu'allais-je faire de Romy ? Avait-elle des projets ? Attendait-elle que je lui propose quelque chose ?

J'avais réduit en miettes une seconde biscotte en la beurrant, quand je me suis décidée :

— Je suis très occupée ce matin. Vous pourriez me rejoindre pour le déjeuner vers treize heures du côté de Bastille, je vous laisse les clés de l'appartement, un numéro pour appeler le taxi.

— D'accord !

Une nouvelle fois, elle avait répondu sans hésitation. Je n'en revenais pas. Elle avait décidé de rester avec moi, c'était trop beau pour être vrai. Pourquoi utiliser cette expression désespérante ?

Quand je suis sortie de la salle de bains, aucune trace du petit déjeuner ni dans la salle à manger ni dans la cuisine. Romy, assise sur la chaise de chef, contemplait l'acacia dont les branches se découpaient contre un ciel aussi bleu qu'une céramique arabe. Il devait faire glacial dehors.

J'ai enfilé ma doudoune, posé sur la table basse deux billets et les clés de l'appartement que j'avais en réserve. Romy m'a dit merci, sans chichis. J'ai griffonné le numéro des Taxis bleus, les coordonnées du studio sur un papier :

— Si vous avez le moindre problème, n'hésitez pas à m'appeler.

— D'accord !

Moi aussi j'étais d'accord, et inquiète. Que se passerait-il lorsqu'elle arriverait au studio ? On allait la reconnaître ! Je me suis engueulée. À quoi bon prévoir l'avenir, on l'ignore de toute façon. Si on me questionnait, je parlerais de sosie, j'inventerais une histoire de copine qui tournait un remake des *Choses de la vie* en Allemagne.

— À tout à l'heure ?

— À tout à l'heure !

J'étais accrochée à son sourire quand le téléphone a sonné.

C'était Ray.

— Qu'est-ce qui se passe ? Un type m'a répondu sur ton portable ! T'étais avec quelqu'un hier soir ? Je pourrais être au courant ?

— On m'a volé mon portable !

— Où ça ? il a fait, sur le ton suspicieux du type qui ment tous les jours depuis quinze ans.

— Dans ma voiture !

— Tu laisses ton portable dans ta voiture ?

— Oui, justement !

— Qu'est-ce qui se passe, chérie ? T'as quelqu'un, c'est ça ? Tu ne m'aimes plus ?

Si ! Personne ne m'avait aussi bien serrée dans ses bras, embrassée, et tout le reste. N'empêche j'avais quelqu'un.

— Je n'ai pas encore réfléchi à la question ce matin, Ray. Je te rappelle. Je suis très en retard.

J'ai raccroché. Ray allait passer une sale journée. Il tenait à moi, c'était sûr. Sans moi, sans nos délicieux envols hebdomadaires, sa tranquille vie de famille était en danger. J'ai mis beaucoup de temps

70

à l'admettre, mais une seconde épouse est une assurance de durée pour un mariage !

— Vous aimez les hommes aussi ?

Que signifiait le « aussi » ? Je n'aurais pas parié que Romy aimait les hommes. Elle paraissait plutôt détachée. S'étonnait-elle des passions dont elle avait eu besoin, jadis ? En tout cas, c'était la seconde fois qu'elle me posait une question personnelle, et c'était à propos de ma vie amoureuse.

— Je les aime trop et pas assez, selon les moments !

Romy m'a souri, elle paraissait comprendre.

Je suis passée sous l'acacia en courant, la concierge me guettait depuis le pas de sa porte, je lui ai crié qu'on avait retrouvé mon sac.

— Et la voiture ?

— Pas la voiture !

Devant le porche, le sans-domicile-fixe aux poches ventrales était à son poste, je ne lui ai même pas dit bonjour.

J'ai couru jusqu'au commissariat, ce qui représentait un exploit. Cancre notoire des cours de gym, je suis nulle en course à pied. L'effort physique m'enlaidit terriblement. J'envie ceux qui font preuve de talent dans ce domaine. Leur grâce et leur légèreté tiennent de la grande beauté. Ray, lui, avait la magnificence du coureur. Plus jeune, il avait été un sprinter remarqué. Il lui arrivait encore de courir le soir ou le week-end. La pensée de ses puissantes cuisses encouragea ma course.

Au commissariat, ils me firent attendre une bonne

demi-heure. Et je n'avais pas mon portable pour appeler le studio.

Un type qui puait l'acétone m'a conduite dans une pièce verdâtre tout en me demandant mes papiers d'identité. J'ai cru à une blague. Il a voulu voir ma déclaration de perte.

— Parfait !

Il a lu à haute voix, fort maladroitement, en s'interrompant régulièrement, la liste des objets contenus dans le sac :

— C'est bien ça ?

J'avais envie de le gifler. Je préférais sourire bêtement. Lorsqu'il a brandi mon sac et renversé son contenu sur la table, ce fut un choc.

Mes affaires gisaient là comme les objets encombrants entassés sur les trottoirs pour être emportés par les agents de la voirie. Une poubelle obscène dispersée sur la voie publique. J'avais honte. Mon porte-monnaie, mes clés, mon tube d'aspirine, mon vaporisateur, ma carte d'identité, mon permis de conduire, mes lunettes, un paquet de kleenex, deux tampons hygiéniques emballés individuellement, des reçus de carte bleue, deux feutres, une boîte de chewing-gums, des cure-dents mentholés et même la petite enveloppe transparente contenant les papiers de la voiture. Forcément, ils préféraient changer la plaque d'immatriculation, fabriquer des faux papiers... tout à coup, j'ai cessé de penser à ces bêtises. Parmi les objets épars, le principal manquait : mon gros filofax en cuir bleu marine.

— C'est bien à vous, ça?

Le flic mou à l'haleine d'acétone désignait le paquet de kleenex :

— Peu importe. Je n'ai pas parlé non plus des chewing-gums et de l'aspirine, vous pouvez les garder si vous voulez.

Mon ton ne lui a pas plu du tout :

— Je vérifie, madame, il faut bien, ce n'est pas si évident que ça.

Ce qui était évident, c'était sa bêtise. J'ai préféré penser à Romy.

— Et la trousse de maquillage, elle n'est pas là, la trousse de maquillage? il fit, comme si ce détail était de la plus haute importance.

Je cherchai des yeux la trousse d'écolier bleu turquoise, l'objet le plus encombrant de mon sac à part mon filofax. Qu'est-ce que mon braqueur pouvait bien faire avec mon maquillage? L'offrir à sa copine? maquiller ma voiture? Ça m'a fait sourire, le coup de la voiture fardée pour être revendue dans les pays de l'Est!

— Il n'y a que des pièces dans le porte-monnaie!

Cette phrase ressemblait à un appel de Radio-Londres. Elle ne m'inquiétait pourtant pas. La disparition des billets de banque me rassurait presque. C'était la moindre des choses. Alors que le coup de la trousse était louche!

Il m'a fallu attendre une demi-heure avant de récupérer mon sac. Je l'ai serré contre moi. Je l'aimais bien, mon sac.

Je suis arrivée au studio avec deux heures de retard. Par chance, la réalisatrice, Lina Andich, était d'humeur délicieuse. Elle mangeait des yeux un comédien joli comme une fille. Debout devant son pupitre, casque sur les oreilles, il doublait la scène à cause de laquelle nous nous étions engueulées la veille, Lina et moi.

J'accordais trop d'importance aux engueulades. Je les laissais s'étaler comme une tache de gras sur un tissu, c'était dégoûtant. Lina était ma meilleure amie. Je travaillais avec elle depuis des années. Elle mettait parfois le sexe avant les bœufs, et alors ? Il faut bien avoir des défauts. J'avais été comme elle autrefois.

Pas exactement comme elle, à vrai dire. Même jeune, je n'étais pas aussi folle que Lina. Cette extrémiste monomaniaque prônait le salut par la baise. Quarante-six ans, et ça ne lui passait pas. Son appétit me plaisait. J'ai toujours préféré les gens qui cherchent à ceux qui se contentent, ce qui me permet de me ranger dans la catégorie des gens peu fréquentables. Lina, elle, aimait déranger, clamer sa vision personnelle de la santé, faire entendre dans ses films un autre son, pas forcément cloche. Alors que beaucoup de filles s'accrochaient encore au sexe mâle comme à une bouée de sauvetage, elle ne se racontait pas d'histoires. Elle consommait.

Ce jour-là, elle s'offrait sur le compte de la production une journée de studio dans l'espoir de mettre dans son lit cette friandise aux épaules rondes et aux lèvres gourmandes. Après tout, si cette reprise superflue aboutissait à un rapprochement des chairs et à un échange de fluides, elle était bienvenue. Lina m'avait assuré que le son original serait gardé s'il était meilleur que l'enregistrement, ce qui ne faisait aucun doute. Je pouvais donc me reposer. « Si tu n'as rien à faire, réjouis-toi et médite ! »

Je ne racontai à personne mon braquage de la veille ni ma visite, bien sûr. J'étais bien.

Pour me remercier d'avoir abandonné la voiture, Gasp m'avait envoyé ce qu'il avait rencontré de mieux sur terre. Une étoile. Son idole. Son rêve, sa meilleure part. C'était plausible.

À midi, Lina partait biberonner avec son mignon. Elle me lança un clin d'œil et me prit à part :

— C'est génial, les artistes, même vieilles, trouvent toujours un homme pour les baiser...

Mon sourire n'était guère synchrone. Je me foutais complètement qu'un homme bande ou pas pour moi lorsque j'aurais des rides. Romy m'avait rendu visite, c'était infiniment plus important.

Pourquoi accorder une place primordiale aux liaisons sexuelles ? On étreint quelqu'un, on serre comme pour étouffer, on pousse pour entrer. Les doigts, les peaux, les chairs s'écrasent jusqu'à la confusion. Ne faire qu'un : supprimer l'autre.

À midi et demi, le type du studio a appelé. Quelqu'un m'attendait dans le hall. J'ai pensé à Romy, évidemment.

C'était Ray. Une mine épouvantable, l'œil humide, la joue flasque.

— Chérie, on déjeune ensemble, j'ai le ventre noué depuis le coup de fil de tout à l'heure...

Nœud, ventre. Ray et son nombril.

— Je ne suis pas libre pour le déjeuner, Ray, ce n'est pas de la mauvaise volonté !

Ses joues lui tombèrent davantage dans le cou, puis, avec l'air buté d'un gamin qui va désobéir :

— Viens à la maison ce soir, Éliane est en stage pédagogique.

Rares, donc précieuses, nos nuits constituaient des rituels de rattrapage. Nous faisions l'amour à l'apéritif, en nous couchant, en nous endormant, en nous réveillant. Cet activiste retour à l'adolescence était une jolie fabrique de souvenirs. Pour le reste, je rémunérais mon plaisir en nuits blanches qui me laissaient sonnée et trébuchante : Ray ronflait.

— Il y a tellement longtemps que nous n'avons pas dormi ensemble !

Comment aimer Ray si, dans la chambre à côté, dormaient ses jumeaux de sept ans ? Ils étaient mignons, ces mômes. Trop grands pour leur âge. Allergiques aux graminées, aux pollens et aux acariens, eux aussi se dépêchaient de s'éloigner du sol ! Mais ils étaient indisposés par les allergènes jusqu'à l'asthme, et leur côté sanatorium m'effrayait.

Je m'imaginais en train de piquer l'anus de Ray de deux doigts décidés lorsqu'un des pâlots entrait dans la chambre en chougnant : « Peux pas dormir, papa ! »

— C'est pas une bonne idée, Ray.

Il a baissé la tête, penaud :

— T'as raison !

Je n'en étais pas si heureuse. Pendant les parenthèses qui nous étaient accordées, je léchais cet homme accroupi au-dessus de mon visage, ses lèvres et sa langue m'exploraient, et nous façonnions un objet d'art, qui, exposé dans un musée, aurait encouragé les visiteurs à se lever au moins quatre ou cinq matins.

— Je peux venir chez toi lundi ? Je dirai que je vais à une projection.

— D'accord !

J'avais répondu sans hésitation, d'une façon nette,

un peu comme Romy. Ray en était ravi. Tant mieux. Je détestais le peiner inutilement.

— Tu m'aimes encore un peu, alors ?

J'aimais beaucoup l'homme nu, tendre, offert, prêt à tout pour nous faire jouir tous les deux. J'aimais beaucoup moins l'employé du ministère de la Culture n'osant quitter son épouse principale. Les deux personnages composaient au fond une honnête moyenne.

— T'inquiète, Ray !

J'ai philosophé quelques minutes sur le manque de voiture, le bouleversement que cela représentait pour moi.

— Vous êtes une femme merveilleuse, chérie !

Il a soufflé très doucement dans ma bouche, effleurant mes lèvres. Décidément, Ray aurait pu être l'homme de ma vie. Dommage, il n'était pas insouciant, net, décidé comme Romy.

Était-elle ainsi avant sa mort ? Gasp l'avait vue sur une chaîne de la télévision allemande dans un talk-show où elle était invitée avec un écrivain qui sortait de prison. Elle lui avait dit : « Vous me plaisez ! » Devant les caméras. Même sur un plateau de télé, elle osait dire devant des millions de téléspectateurs qu'elle voulait un homme. Elle n'était pas comme ces vedettes minables, qui se disent comblées alors que l'angoisse leur sort par tous les pores de la peau. Romy vivait juste. Sa mort n'y avait rien changé.

Les lèvres de Ray se sont éloignées des miennes,

il s'est détaché de moi. Heureusement, car je commençais à flageoler. Je suis repartie vers le studio.

— Je t'aime, chérie, il a fait, alors que j'avais le dos tourné.

J'ai entendu : « J'ai peur, chérie. » Ray était de ces hommes qui laissent entendre leur peur quand ils disent leur amour. Il craignait de me perdre, de m'aimer, de souffrir, d'oser, de se donner, de mourir vivant, de vivre mort, de se montrer, d'être un monstre, de rater l'occasion, d'être père, de perdre ses repères, sa maman principale, de jouir, de ne plus bander. Il redoutait l'ennui et les ennuis, l'habituel et l'inconnu, le banal et l'exceptionnel. Tout.

Il se cachait derrière le mari de la principale de collège, qui devait être une femme admirable. Je lui disais souvent : « Ta femme est formidable, Ray, attention, un jour, elle en aura assez de tes mensonges, elle partira, et je ne serai plus là pour te consoler. » Il avait peur de tout cela, et préférait prendre des médicaments à visée psychique, comme on dit, pour accepter d'être mort avant le trépas.

Débordé par tout ça, il m'aimait sans m'aider. Il passait, et moi, je passais mon temps à me passer de lui.

La veille, après le braquage, je ne l'avais pas appelé. Je ne connaissais pas son numéro chez lui, et, en famille, monsieur coupait son portable.

Je ne me suis pas retournée.

Je réécoutais la bande-son dans la cabine technique, lorsque j'ai vu, punaisé sur le mur, au milieu d'une multitude de photos de comédiens, un portrait de Romy excessivement maquillée et infiniment triste, extrait, je crois, de *L'important c'est d'aimer*. La tristesse, mais la joie. Dans ses yeux, un soleil voilé. La souffrance n'est pas une fin, juste une erreur.

J'ai failli détacher ce portrait. Ç'aurait été absurde. L'actrice ne comptait pas pour moi. Romy était l'idole de Gasp, pas la mienne. Certes, sa beauté tenait pour moi de l'idéal, sa mort m'avait touchée, mais je n'étais pas fascinée par sa carrière. Lorsque j'étais adolescente, mon idole était une chanteuse. Forcément, puisque tout commence par l'oreille chez moi. Janis Joplin. L'opposé de Romy. Le diable. La nuit. Une manière dévergondée d'être belle.

Une cousine plus âgée que moi me l'avait fait découvrir lorsque j'avais quatorze ans. Janis était morte depuis des années, mais j'avais cru entendre le monde s'envoler de sa gorge. En l'écoutant crier, psalmodier, chuinter, j'avais été persuadée que ma vie vaudrait le coup si de tels gémissements, feulements, vagissements me jaillissaient un jour du ventre. J'y croyais, quand j'avais quatorze ans. À l'âge où je commençais à avoir des poils, j'avais besoin de regarder vers une étoile, pour m'assurer que je ne descendais pas trop du singe, que je pouvais même m'élever un peu. On dit que les adolescents voient la vie en noir. C'est faux. Leur peur de la bête est admirable. Ils la perdent trop vite.

Comme tout le monde, je n'étais pas restée ado longtemps. J'avais vite renoncé à devenir chanteuse, pour travailler la voix des autres et me transformer en haut-parleur diffusant les bavardages maternels. L'étoile Janis était restée inaccessible et parfaite, pour toujours jeune et belle dans de vieux films, ce qui n'est pas un détail. Devant Marlon Brando vieux, on se dit qu'une vraie star est une star morte. Comme Marilyn. Comme James Dean. Comme Janis, éternellement folle. Vivante à mourir.

Romy, elle, était beaucoup plus que ça. Présente. Réelle. Tout simplement. J'ai laissé l'actrice au milieu des acteurs. Une photo, ce n'est rien du tout.

À treize heures, j'ai commencé à m'agiter.

À treize heures dix, elle n'était toujours pas là. Peur panique. J'avais besoin d'elle pour oublier la mort de Gasp, la lâcheté de Ray. Je pourrais aussi bien dire la mort de Ray, et la lâcheté de Gasp. L'un et l'autre avaient choisi de mourir vivants. Ces hommes avaient en commun moi et leur vie morte. Il me restait un sacré boulot à accomplir.

J'ai enfilé mon manteau. Je suis sortie du studio. Personne ne m'attendait dans le hall, mon cœur cognait. J'ai ouvert la porte.

Elle était là, au pied d'un platane. Elle regardait les feuilles danser contre le ciel. Elle portait mon manteau en veau doublé de polaire. Je l'aimais plus que Gasp, plus que Ray, plus que l'enfant que je n'avais pas eu.

Elle avait préféré ne pas entrer dans le studio. Elle ne m'avait pas interrogée à propos de mon travail. Ces détails ne l'intéressaient pas. Le cinéma, toutes ces choses, pour elle, c'était du cinéma justement.

Elle a de nouveau pris mon bras. Nous avons marché côte à côte comme deux belles femmes de quarante ans. Le regard de Romy, curieux et amusé, voltigeait sur les passants, les vitrines, les étals d'un soldeur. Son sourire. Ses yeux qui voyaient tout.

Personne ne s'arrêtait, personne ne la reconnaissait, personne ne venait vers elle. Elle n'avait aucune crainte à ce sujet. J'avais besoin d'inventer des problèmes.

Je lui demandai comment elle était arrivée jusqu'ici.

— À pied !

J'en éprouvai une panique rétrospective : elle aurait pu se perdre, être agressée, renversée...

— Il fait si beau !

Je levai les yeux. Le ciel étincelait. Je me promenais avec Romy. Elle se serrait contre moi. Pour une fois, je me félicitais de l'hiver.

Je rêvais depuis longtemps de jouer les touristes à Paris. Je n'en prenais pas le temps. Toujours cette manie de négliger mon plaisir. Je travaillais régulièrement dans ce quartier, je ne m'y baladais pas. Aucun sens des loisirs.

— C'est magnifique, susurra Romy.

Ses yeux riaient. Elle lâcha mon bras et se mit à courir sur le trottoir. Une gamine. Elle « jouait » avec le génie de la liberté, cet elfe doré perché sur un pied au-dessus de la place de la Bastille, le faisait glisser sur un toit, disparaître derrière une cheminée.

Gambader dans la rue, à notre âge ? Le ridicule, même s'il ne tue pas, abîme malgré tout. Je voyais Sissi courir vers Franz, vers son regard vide, son visage mou et son gros derrière, « Oh ! Franz ! », en tenant ses jupons pour ne pas se casser la figure. Son gloussement emplissait le parc de la propriété qui descendait en pente molle et très verte jusqu'au lac de la propriété, avec, à l'est, le bois de la propriété dans lequel couraient les biches de la propriété, et Sissi : « Oh ! Franz ! »

Il m'a semblé entendre le rire inimitable de Janis. Je m'étais trompée de film. Mais pourquoi en revenir au cinéma ? Ma visiteuse n'avait rien d'une princesse austro-hongroise. Rien du tout. Elle s'amusait. J'y avais droit, moi aussi. Embrasser l'instant à pleine bouche.

J'ai couru rejoindre ma visiteuse. J'ai entendu

Janis : *Get It While You Can*. Dans la même situation, Janis aurait suivi Romy sans hésiter. « Si tu as envie de jouer, joue ! »

À mon tour, je fis batifoler l'ange contre le ciel. Il franchissait la ligne blanche tracée par un avion, je le cachais derrière un toit, une cheminée, et je courais pour le rattraper. J'avais dix ans. Ma mère m'aurait décrétée aussi gâteuse que mon père. Elle ne me voyait pas.

Les passants fronçaient les sourcils, haussaient les épaules. Je n'entendis aucune réflexion désagréable.

Puis notre compagnon disparut derrière les façades, et nous avançâmes blotties l'une contre l'autre jusqu'à un restaurant italien de la rue de la Roquette. Nous avons bien entendu choisi une salade de roquette au parmesan pour accompagner nos pâtes au pesto. Face au bar, l'affiche d'un ciné-club du quartier proposait, dans le cadre d'un cycle sur le cinéma italien, le film de Visconti : *Les damnés*.

Je savais Romy très attachée à Luchino. Certains journalistes avaient prétendu que sa disparition l'avait brisée. L'avait-elle aimé d'amour ? Visconti n'était-il pas homosexuel ? Cette remarque était absurde. Si elle l'avait aimé, c'était au-delà de ces détails. Luchino avait peut-être davantage compté que ses passions amoureuses, comme Romy comptait davantage pour moi que Ray, Gasp, et mes souvenirs. Quelqu'un capable de faire deux avec moi. De me laisser entière. Ça n'avait rien à voir avec le sexe.

Nous avons mangé silencieusement. Parler n'était pas une nécessité pour Romy. Je pensais à ce proverbe africain, touareg, je crois : « Si ta parole n'est pas plus belle que le silence, ne parle pas. » Avec Romy, le silence était beau. Elle l'égayait de murmures de satisfaction, d'exclamations gourmandes, de brèves questions qui n'attendaient pas de réponse. Jamais de phrases qui auraient dérangé ma contemplation, gâché son sourire, ses gestes, le frémissement de son front, la palpitation de sa bouche.

Le temps passait vite, nous n'avons pris ni café ni dessert. J'ai expliqué que je rentrerais chez moi vers dix-neuf heures, dix-neuf heures trente.

— Vous repartirez à pied ?

J'ai à nouveau entendu ma mère, ce côté inquisiteur et plaintif. Romy gloussa, je me demandai si elle avait lu dans mes pensées. Elle répondit tranquillement :

— Je me laisserai porter.

Elle avait raison de ne pas se battre, comme moi, contre les événements, contre les autres, contre tout. Le fatalisme m'était étranger, mon péquenot de père m'avait élevée dans le volontarisme le plus simpliste : « Quand on veut on peut. » Il ne pouvait plus désormais, parce qu'il ne voulait plus. Et moi je voulais trop. Les événements ne coulaient pas sur moi, ils laissaient des traces. J'étais comme ces objets en mousse qui gardent la forme que la dernière pression des doigts leur a imprimée. Je me suis dit que je pouvais changer.

Vers dix-huit heures quarante-cinq, j'ai quitté le studio et salué Lina qui roucoulait auprès de sa friandise. La post-synchronisation du film était terminée. Nous nous retrouverions pour le mixage une semaine plus tard. J'avais tout mon temps pour Romy.

Dans le métro, une voix métallique nous a annoncé à deux reprises une perturbation du trafic. Le bus de remplacement reliant Barbès et Belleville pendant la durée des travaux sur le viaduc du métro aérien avait cessé d'effectuer ses navettes en raison d'une agression. Sur le quai, un type a gueulé plusieurs fois qu'il avait moisi huit ans en taule pour avoir offert une rose à Mitterrand au Parc des Princes. Puis la proclamation du non-fonctionnement de la navette a de nouveau retenti. Un disque rayé. Tout radotait, pas seulement les bandes de post-synchro. Romy aurait ri.

Rue de Belleville, j'ai acheté trois bouteilles de champagne et de quoi dîner. Quand elle m'a vue passer devant sa loge en courant, encombrée de paquets, la concierge a probablement pensé que j'étais irrécupérable. J'ai levé les yeux vers mes fenêtres. Rien.

J'ai monté les deux étages quatre à quatre, ouvert la porte fermée à clé, cherché Romy. Pas là.

J'ai regardé partout dans ma chambre, dans la salle de bains, en espérant qu'elle m'avait laissé un mot, quelque chose. Rien.

Le sans-fil à portée de main, j'attendais son appel, mais j'ignorais si elle avait mon numéro. Le pull noir qu'elle portait ce jour-là était plié sur une chaise, elle était donc passée par ici, et était repartie pour... des courses, une visite ? Mon manteau en veau n'était nulle part, son pull bleu clair séchait dans la salle de bains. Elle allait revenir.

J'ai enclenché la radio d'infos que j'écoute en général le matin. Je me disais que, s'il était arrivé quelque chose à Romy, ils en parleraient peut-être.

Ça a duré, je n'en pouvais plus. Romy était venue se réfugier chez moi et je n'avais pas su la protéger. J'ai grignoté une biscotte, mis le champagne au frais, essayé de faire zazen sur la moquette. Le calme ne venait pas.

Tous les quarts d'heure, les speakers se relayaient pour radoter la baisse de l'euro, le déraillement d'un train au Pays de Galles, et un prisonnier retrouvé dans sa cellule la carotide tranchée.

Je venais juste de comprendre que le prisonnier mort dans sa cellule la carotide tranchée était légionnaire et qu'il s'agissait d'un suicide, lorsque le téléphone a sonné.

C'était ma mère.

Elle a voulu savoir pourquoi je n'avais pas répondu deux heures plus tôt.

— Je n'ai pas aimé ça...

— Arrête, maman, pourquoi tu appelais ?

— Ta cousine viendra aussi à Pâques. J'ai pensé que ça te ferait plaisir.

Je m'en moquais totalement.

— Bien sûr !

— Tu viens, alors ?

— Oui, maman.

— Alors, c'est oui ?

— Oui !

— Quand ?

La voix de ma mère m'était désagréable. Pourquoi la seule personne avec laquelle j'avais été une seule personne n'arrivait-elle pas à me faire du bien ? Elle m'avait donné son sang dans mon cerveau, mes jambes, mon sexe. Elle n'avait pas eu d'autre enfant, moi aucun, et nous avions du mal à admettre, l'une et l'autre, que nous ne formerions plus un seul corps avec quelqu'un.

— Maman...

J'ai failli lui dire que je l'aimais. Ça ne m'est pas venu, ça ne me vient pas avec ma mère, elle va vers les choses douloureuses, ma mère, et moi comme elle, parce que nous sommes encore les mêmes.

— Bon, maman, je te rappellerai demain si tu veux, mais j'attends un coup de fil...

— Toi, ça va ?

— Très bien ! Au revoir, maman !

J'ai raccroché.

J'ai pensé à Romy, redressé ma colonne vertébrale, déplié mon cou. Ma visiteuse m'avait donné du courage. Je ne voulais pas le laisser s'envoler. Il me suffisait de me tenir droite. Je refusais d'être triste. Je devais avoir quelque part dans ma mémoire une image réconfortante de ma mère. Celle que Romy aurait retenue.

Je la connaissais, bien sûr, cette image. Ma mère, à cinquante ans. Sa période de grâce. Encore jeune, déjà en préretraite. Plus l'usine à supporter, un travail qui l'abîmait, toute la journée à assembler des pièces électriques. Plus à s'occuper de moi, j'étais à Paris. Mon père travaillait, « la laissait tranquille », comme elle disait. Détendue, lisse, elle avait cessé de se plaindre. Je suis presque sûre qu'à cette époque-là, elle était belle.

J'étais trop égoïste pour m'en rendre compte. Je n'ai jamais regardé ma mère, ni personne d'ailleurs. Surtout à cette époque. Si j'avais prêté attention à ma mère, je l'aurais vue seule et disponible. J'aurais apprécié le cadeau qu'elle m'offrait en se montrant ainsi.

À la radio, j'ai fini par comprendre que le légionnaire était biélorusse, carotide tranchée dans sa cellule, malgré la baisse de l'euro, vingt morts au Pays de Galles, on ignore les causes de l'accident.

Le téléphone a sonné. Mon soulagement n'a pas duré. C'était Boris, le type que j'avais rencontré au restaurant avec Romy, la veille.

— Comment elle va, la star ?

— Elle n'est pas là !

Ça l'a fait rire, un rire aussi gras que lui.

— T'es où, alors ?

— Moi ?

— Ben oui, elle est marrante, elle !

— Boris, j'attends un coup de fil urgent, tu fais court, s'il te plaît.

— On t'attend. On prend l'apéro !

On ? J'avais peur de comprendre. Romy était chez Boris ? C'était plausible. Il avait téléphoné, elle avait décroché, il l'avait invitée. Elle avait été d'accord. Elle était toujours d'accord.

Je me suis mise à trembler à l'intérieur comme une gelée anglaise dégueulasse, bleu turquoise dans sa coupe transparente. J'étais idiote au point de ne pas figurer sur liste rouge, je m'en voulais terriblement. Pauvre Romy, obligée de boire l'apéritif chez ce minable !

— C'est quoi, l'adresse ?

Il n'habitait pas loin. Rue des Solitaires.

Boris était toujours aussi gros et mal fagoté :

— Déjà ?

Oui, j'avais couru. Comment faire autrement ? Je voulais retrouver Romy. Que nous rentrions vite chez moi. Seules toutes les deux. Tranquilles.

Joyeuse, elle buvait un vin cuit dans un verre en pyrex. À l'aise. Même dans cet appartement obscur et puant, en compagnie de ce type gros et moche. Disponible, prête à toutes les rencontres, elle ne m'avait pas réellement choisie. Je ne représentais rien pour elle. Je me sentis en danger.

— Quand je t'ai vue hier au restaurant, c'était un signe, fit Boris.

J'ignorais pourquoi nos retrouvailles étaient si importantes pour lui. Je ne songeais qu'à faire sortir Romy.

— Boris, nous sommes invitées à dîner... à neuf heures au plus tard, et il faut qu'on repasse chez moi...

Je faillis prononcer son nom, mais la nommer, c'était la désigner.

— Tu ne respires donc jamais ? a dit Boris.

Ça m'a foutu un coup. Gasp me reprochait sans cesse d'être fatigante pour moi et pour les autres, parce que j'avais un avis sur tout. Les reproches de Gasp. De l'huile sur le feu, du sel sur la plaie.

Boris m'a servi un verre de vin cuit et a trinqué avec moi.

— Tu as été une vraie salope avec moi il y a quinze ans.

Il riait. L'apéritif était dégueulasse.

Romy feuilletait un livre dont je ne distinguais pas la couverture. J'évitais de regarder Boris, je me foutais de l'avoir rencontré autrefois, de l'avoir revu la veille. Je détestais sa voix grave et professionnelle de comédien qui enregistre des slogans publicitaires, une voix en couleur, comme une photo de pochette de disque. J'exècre par-dessus tout certaines voix. Elles vous pénètrent, même si vous n'êtes pas d'accord, comment fermer les oreilles ?

— J'étais amoureux de toi, et toi tu m'as traité comme un chien. Pire qu'un chien.

Je me suis revue quinze ans plus tôt, stagiaire dans un studio d'enregistrement. Fraîche, une bouille et un corps tout neufs. Me délectant des attentions de mes courtisans, et méprisant les plaisirs qu'ils auraient pu me procurer. Une des férocités des jeunes filles est de préférer les hommes à leurs pieds plutôt que dans leurs draps.

Plus tard, je les avais consommés en nombre, les hommes, et on ne m'aurait pas donné le bon Dieu sans confession.

— Je te connais par cœur. J'ai gardé des photos de toi... grandes comme ça !

Ses mains boudinées dessinèrent un vaste cadre dans l'espace. L'imaginer en train d'étudier mon visage en gros plan était répugnant. Déjà, au restaurant, surpris par mes deux incisives qui, ébréchées dans un accident de ski, avaient été remplacées par des céramiques, il m'avait examinée comme un animal.

— J'étais pas assez bien pour toi, hein ?

Il n'avait pas tort. Un temps, j'avais confondu réussite sociale et sex-appeal. Le pouvoir n'étant guère la pile du sexe, la désillusion m'avait conduite vers l'excès inverse. « Le luxe est de changer d'erreur. » J'avais pris goût aux artistes. J'avais rencontré Gasp.

— C'est ça ? insista Boris.

Romy ne me regardait pas, ne m'aidait pas. Je me foutais de tout, sauf de ça. Boris ne m'avait pas plu, ne me plaisait pas davantage quinze ans plus tard. Je le lui avais peut-être signifié d'une façon blessante, je ne tenais pas à m'en excuser.

— Aujourd'hui, c'est pire, je suis encore plus fauché qu'à l'époque, j'ai tout mis dans cette histoire, j'y crois dur comme fer...

Je ne comprenais pas un mot de ce qu'il me racontait.

Romy ne me prêtait pas attention. Je me suis dit que dans les histoires d'amour, le chagrin apparaissait toujours très vite.

Boris m'entraîna dans le couloir, sortit d'un tiroir des agrandissements noir et blanc. Moi, quinze ans plus tôt. Moins jolie que j'aurais cru. Le visage empâté, presque sirupeux. Le regard morne, suffisant. J'étais déçue.

J'essayais de comprendre : sans ma visiteuse, je ne serais pas allée dans ce restaurant auvergnat et n'aurais pas revu Boris. Cela ne m'aurait pas du tout manqué, à moi. Mais comment interpréter l'insistance de Boris et l'apparente complicité de Romy ?

— Merci, fit Boris. Tu étais impitoyable... je me suis barré dix ans. Je ne regrette pas le voyage.

Quel voyage ? De dépit, il était parti ? Sa rencontre avec moi l'avait fait bifurquer ? Je n'y croyais pas. Du moins, je préférais ne pas y croire. Je n'avais rien à me reprocher. Si. De ne rien voir, de ne pas ouvrir les yeux.

— Fais pas cette tête. J'ai dit : je te remercie.

Il souriait. J'en oubliais un instant sa laideur, son tee-shirt ridicule. Je m'apprêtais à lui dire que j'étais désolée. Mon attention fut attirée par un bruit de clés. On ouvrait la porte d'entrée. Je tournai la tête.

Romy regardait un poster représentant une galaxie, une nébuleuse, bref, un objet céleste, je n'aurais su dire quoi, je n'y connaissais rien. Boris et Romy partageaient quelque chose qui m'échappait. Cela me déplaisait terriblement. J'aurais voulu être la seule capable de l'intéresser. Elle se détourna de sa contemplation, sourit à quelqu'un. La façon dont ses yeux riaient !

Boris prit mon avant-bras, juste au-dessus du poignet :

— Je ne t'en veux pas. Ça m'a foutu un tel coup que j'ai levé la tête.

Son index désigna le plafond. Je pensai à Romy, au ciel, à la lune phosphorescente, que ma visiteuse avait saluée depuis les escaliers de la rue de la Mare. Je me sentais très fatiguée.

— Viens, je vais te présenter.

Dans le salon, un type aux yeux minuscules derrière des verres aussi épais qu'une vitre blindée me tendit la main :

— Ajeg Korn.

Pourquoi me parlait-il du producteur que j'aurais dû rappeler la veille ? Je n'arrivais même pas à y réfléchir.

— Je voulais qu'on travaille avec toi, expliqua Boris.

— Je vous ai laissé un message avant-hier.

Là, j'ai commencé à avoir mal à la tête. Ajeg, Romy, Boris. J'étais en train de me souvenir que je devais appeler Ajeg Korn lorsque Romy était arrivée chez moi.

— Ce ne sera pas un vulgaire travail de postsynchronisation, mais une réflexion globale et personnelle sur toute la bande-son, précisa Boris.

— C'est un très beau film, ajouta le type à lunettes.

Je me suis rendu compte que Romy n'était plus dans mon champ de vision. Ça ne m'a pas plu.

— Boris a besoin d'une vision artistique. Il m'a dit que vous seriez une précieuse collaboratrice.

— Tu serais d'accord ?

Impossible d'articuler la moindre syllabe. Boris me parlait du film produit par Ajeg Korn ?

— Vous connaissez le sujet, au moins ? me demanda Ajeg.

Comment aurais-je pu ? J'en avais assez. Mon braqueur à gros nez allait apparaître, et Boris, l'index gauche levé : « Justement, lui, il est parfaitement au courant de l'histoire. »

Chance inouïe, les deux types, enfermés dans leur monde, dans leur film, ne se souciaient pas de Romy. J'étais souvent comme ça dans un studio. Hermétique à tout. Seule avec le radotage de la bande-son. Même dans la rue, les passants ignoraient ma visiteuse. Normal. Moi aussi, j'étais aveugle. Capable de détailler un écran, et insensible aux visages que je croisais. Pourtant, un jour de désarroi, j'avais vu Romy. J'étais la seule.

Le type aux lunettes épaisses étalait sur la table des photos représentant des étoiles, des planètes, que sais-je ?

— J'ai apporté ça pour l'affiche.

— Vous êtes Ajeg Korn ? demandai-je.

Boris gloussa :

— Tu comprends vite, mais il faut t'expliquer longtemps, toi.

— Je voulais vous rappeler, mais on m'avait volé mon portable, mon agenda et même ma voiture...

Ajeg s'en foutait. Boris se moqua :

— Tu continues à tout transformer en chemin de croix ? Tu n'as pas changé !

J'eus à nouveau l'impression d'entendre Gasp. D'être une mouche se jetant contre la fenêtre dans l'espoir de sortir à l'air libre. Incapable de retrouver l'endroit par où elle était entrée, se cognant encore et encore contre la vitre.

— C'est pas grave, on n'est pas à un quart d'heure près, fit Boris.

Si, c'était grave. On m'empêchait d'être seule avec Romy. Mon soupirant repoussé avait trouvé vengeance.

— Le film se passe au XVIIIᵉ siècle. C'est mon premier long métrage. Tu te souviens, il y a quinze ans ? Je t'avais dit : je te ferai travailler un jour !

Cet acteur minable devenu réalisateur ? Une comédie absurde se jouait contre moi. Boris me fixait toujours comme un entomologiste un hyménoptère.

J'ai demandé les toilettes pour échapper à ce pénible examen. J'avais l'impression de ne plus mériter la visite de Romy. J'étais triste comme un chien.

Lorsque j'ai regagné le salon, un rictus m'écartait la bouche. Ce sourire s'est effacé dès que j'ai compris : Romy n'était plus là !

Boris a haussé les épaules :

— Je ne pensais pas qu'une proposition de travail te mettrait dans un tel état !

Il m'a tirée fermement vers une chaise. J'ai pensé au type hideux qui m'avait extirpée de ma Peugeot. J'allais devenir folle, à force. L'intérieur de ma poitrine faisait de grosses vagues.

— Je veux que tu travailles sur mon film. C'est pour ça, notre rencontre au restaurant était un signe. Je t'apporterai la cassette demain.

Je n'y tenais pas du tout. Mais je n'osais pas refuser. Je n'avais pas été correcte avec Boris quinze ans plus tôt. Je l'avais humilié. J'acceptais mal le verdict : coupable.

— Ça va pas ? s'inquiéta Boris.

— Si, si...

— Te prends pas la tête. Tu vois le film. S'il te plaît, c'est tout bon. Sinon, tant pis...

— Il vous plaira, fit Ajeg.

Boris secoua la tête :

— T'es toujours aussi compliquée, toi !

C'était vrai. Sous mes vêtements, des décombres. Même ma visiteuse m'avait abandonnée. Trop ennuyeuse, trop lourde, trop empêtrée. Boulot, passé, train-train. Indisponible, complètement indisponible. Un puzzle formé de centaines de petits cartons qui ne composaient pas la moindre image cohérente. Ni scène, ni paysage. Rien à contempler.

Si je ne méritais pas Romy, autant mesurer mes ambitions, accepter une vie morne, demander Ray en mariage. Notre « ménage » serait aussi nul que cette atroce expression domestique. Nous garderions les jumeaux un week-end sur deux et la moitié des vacances. L'équipe. L'habitude. La banquise du lit.

Il me suffisait de rendre visite à sa principale : « Laissez-moi votre mari, vous ne sortez pas une aussi belle musique que moi de cet instrument fabriqué pour mon plaisir, vous devez bien vous en rendre compte. » Elle serait d'accord, j'en étais sûre, elle n'avait pas d'illusions sur son couple.

Je n'en avais pas davantage sur mon avenir avec Ray. Je connaissais mon entêtement à gâcher. Gasp m'avait envoyé Romy, son plus beau rêve, et je n'avais rien su en faire. Boris affirmait à juste titre que j'étais un problème ambulant. Pourquoi Romy avait-elle choisi de me rendre visite ?

J'ai demandé à Boris de m'excuser. Je voulais rentrer.

Dehors, je marchais avec lenteur. Je ne tenais pas à arriver trop tôt chez moi, j'étais certaine de ne pas y trouver Romy.

J'ai poussé la lourde porte du porche, entendu des chuchotements, puis son rire, ténu, une brindille de lumière perdue dans la cour. Mon oreille ne pouvait me leurrer.

Sur le bord de l'ancienne fontaine transformée en massif de fleurs, Romy était assise en compagnie du sans-domicile-fixe-ni-intestins. Elle leva son visage vers moi :

— Ça va mieux ?

Comment aller mal si elle me laissait une chance ?

Souriante, elle se tenait sans crainte, sans dégoût, tout contre le SDF. Je me sentis un monstre, un coquillage sans bras ni mains ni bouche. Un bivalve, une seule fente pour respirer, boire, manger. Rien pour mettre un peu de cœur à ces différentes activités.

L'homme aux poches a posé sa main sur mon épaule et m'a adressé un sourire plein de gratitude. Comme un encouragement. Ce type à qui je ne disais même pas bonjour. Juste la pièce. L'habitude.

Par chance, il ne reconnaissait pas Romy, lui non plus. Comme les autres, il était dans son monde, un monde de survie et de poches à excréments. Pensée dégueulasse, mais j'étais capable du pire pour ne pas regarder la réalité en face : Romy et le SDF étaient d'accord. Elle s'adressait à lui comme à une personne et non comme à un sans-domicile-fixe, et il la considérait comme quelqu'un, pas comme Romy Schneider. C'était simple. Pas évident pourtant. En tout cas pour moi. Romy trouvait de l'intérêt à tout, et moi à rien. Chaque personne une personne. Chaque instant un instant.

Lorsque nous arrivâmes chez moi, Romy fila prendre une douche. Je fis chauffer brocolis et osso bucco, débouchai le champagne.

Romy apparut en chemise de nuit, cheveux mouillés tirés en arrière. Tout simplement belle. À table, nous avons repris les mêmes places : elle face à l'acacia et au ciel, moi face à elle.

— Votre mère a téléphoné tout à l'heure.

— Je suis désolée.

J'aurais préféré que Romy n'ait pas à parler à ma mère. Ça n'avait pas dû être un moment agréable. Si. Tout plaisait à ma visiteuse :

— Vous avez de la chance d'avoir votre maman !

Ça me fit un choc d'entendre « maman » dans la bouche de Romy. Je pensais à son fils empalé sur la grille de la propriété familiale... Maman !

Ma maman, miam. J'ai vu téter la bouche vorace d'un bébé. Sein gonflé, lait brillant à la commissure des lèvres. Ma mère, une chance ? Romy savait extirper le bleu de l'ombre.

— Ce n'est pas facile pour elle, mon père est atteint de gâtisme.

Je n'en parlais jamais. La maladie de mon père existait dans les plaintes téléphoniques de ma mère. Et au cours d'une ou deux épreuves annuelles qui m'obligeaient à affronter dans un même élan mes parents et le Morvan. C'était tout. Dire la déchéance de mon père lui donnait trop de réalité. Quand il avait commencé à perdre la tête, quatre ans plus tôt, j'avais dû prendre des antidépresseurs pour affronter l'épreuve. J'étais terrifiée par l'idée de finir comme lui. Forcément, je craignais tant de ressembler à ma mère.

— C'est le seul homme qui a vraiment compté ? demanda Romy.

À nouveau, elle me questionnait sur les hommes. De sa voix de Romy Schneider, d'une façon pas si gentille que ça. Elle ne voulait pas me consoler, me disait d'accepter la dégradation de mon père.

Mon père gâteux, mon papa gâteau. Mon homme. Je portais son nom, je n'avais trouvé personne pour m'en donner un autre. Je n'avais pas su oublier mon père dans un autre amour, pas été capable d'effectuer ce boulot minimum. Devais-je m'en plaindre ?

J'ai pensé à Romy dans la robe de mariée d'Élisabeth d'Autriche. Pauvre Sissi ! Elle ne serait pas devenue impératrice si Franz n'avait pas gagné contre Papili. Garçon manqué, elle serait restée dans les clairières de son enfance, et elle aurait bien fait. Se choper la tuberculose puis se faire assassiner dans sa belle robe par un terroriste, quel destin ! La vie de princesse n'était pas une affaire. Je me félicitais d'avoir loupé mon coup. Aucun homme ne m'avait baladée parmi les tulipes et les thuyas d'un parc municipal pour me déclarer solennellement : « Je voudrais avoir l'honneur d'être ton mari. » Non, personne ne s'y était risqué. À vrai dire, je n'y tenais pas. Ma fâcheuse tendance à dépendre, à me couper en deux, était suffisamment forte. Pas la peine de l'officialiser. Si Franz avait baisé ma main pour me la demander, j'aurais dit non, je crois.

En matière de mariage, je ne suis pas optimiste. À dix-huit ans, j'ai entendu Sue Ellen dire à J. R., son mari, dans un épisode de *Dallas* : « Je me fous que tu baises, pourvu que ce ne soit pas avec moi. » Toutes les épouses savent à quel point leurs maris sont capables de les baiser mal, lorsque, par lassitude et habitude, ils oublient la personne dans laquelle ils se soulagent. J'ai connu ça avec Gasp les derniers temps. Ses étreintes machinales me mettaient d'une humeur de chien. Était-il mort parce qu'il ne baisait plus avec personne lorsqu'il baisait avec moi ?

N'empêche, je ne détestais pas à chaque instant l'idée d'avoir un jour un compagnon à mes côtés jusqu'à la morgue. Pas pour y croire vraiment, bien sûr, mais pour me reposer.

J'en étais là de mes sombres pensées lorsqu'on a sonné à la porte. Mon sang s'est glacé.

C'était mon braqueur. Aucun doute, cette histoire n'était pas terminée. Grâce à Romy, j'avais oublié le vol de ma Peugeot, mais c'était trop simple, bien trop simple.

Je me retenais de respirer, de peur qu'il m'entende. Raisonnement digne de mon sénile de père : la porte était beaucoup trop éloignée de moi. À force de minimiser les distances, on finit par confondre le Cotentin et le Morvan. J'étais sur la mauvaise pente.

Un nouveau coup de sonnette, puis trois autres enchaînés. Le type n'allait pas renoncer, il savait que nous étions là, l'emplacement des appartements est affiché sous le porche, escalier et étage figurant en face des noms classés par ordre alphabétique. Ç'avait été un jeu d'enfant pour lui de repérer nos fenêtres allumées.

Nouveau coup de sonnette.

Romy mangeait, insouciante, détendue, et refusait de m'influencer. J'essayais de réfléchir. Aucune idée ne me venait, je pensais à mon père, à son cerveau en pain d'épices.

On sonna encore plusieurs coups. Je me levai, le cœur battant, me glissai sans bruit vers le couloir. Cette fois, on cognait à la porte avec insistance.

En tremblant, je collai mon œil derrière le judas. Je ne vis que des cheveux ! Le type aux grandes mains avait ôté son bonnet et appuyé sa tête contre l'œilleton pour m'empêcher de l'identifier.

Je suis restée ainsi sans bouger, sans même respirer, au bord de la syncope, soulevée par la nausée, puis j'ai vu un œil, et, après un temps qui me parut infini, un visage.

Celui de Ray.

J'ai ouvert la porte et insulté mon amant à voix basse, il était dingue d'insister comme ça, où se croyait-il ? Pauvre Ray ! Il était particulièrement beau ce soir-là. Sa grâce chassa le braqueur de mon esprit. Je n'eus pas l'idée de l'en remercier. Il me lança un regard éperdu :

— Chérie, j'ai pris une baby-sitter pour les enfants...

Cette nouvelle méritait effectivement quelques battements de tambour : Ray et son enseignante en chef ne faisaient pas garder leurs enfants le soir. Pas par manque d'argent ni avarice caractérisée. Plutôt par volonté masochiste de s'organiser une vie la plus chiante possible. Ou pour se libérer à tour de rôle et s'épargner la pénible perspective de sortir ensemble.

— J'avais besoin de te voir, de dormir contre toi. Je t'en prie...

— Ce n'est pas le moment, Ray. Je ne suis pas seule.

Il a pâli aussitôt. J'ai cru qu'il allait pleurer. Du haut de ses quarante-cinq ans, il avait l'air d'un nourrisson. J'avais le chic pour aimer des hommes qui tenaient du bébé, et ça m'a désespérée. Surtout à cause de mon père, qui ressemblait désormais à un nouveau-né.

— Chérie, pourquoi ? Je t'aime, j'ai besoin de toi... Ne me dis pas que c'est fini !

Je ne le disais pas. J'étais attachée à Ray. Mais en dehors de nos ébats symphoniques, mon amant était absent. Romy, elle, était à mes côtés.

Ray a effleuré ma joue. J'ai pensé à ses cuisses. De toutes celles que j'ai palpées et caressées, il a les plus belles. Ce n'est pas un détail. J'aime les jambes des hommes, c'est de l'anatomie mâle la partie que je préfère. En regardant les jambes d'un garçon, je sais si j'éprouverais du plaisir à me blottir contre lui. La première fois que j'ai vu celles de Ray, j'ai souhaité vivre avec lui une grasse matinée de plusieurs mois. Mes paumes connaissent aussi bien que mes yeux la puissance de ses muscles, l'élégance de son grand couturier, le délié de son moyen adducteur, la fermeté de son demi-tendineux.

— Ça fait mal !

Ray et ses bobos. Je passais mon temps à l'attendre, et lui n'acceptait pas le moindre contretemps. Tyrannisés par l'horloge, nous nous voyions une vingtaine d'heures par mois. Une misère. Bien sûr, cette réduction du temps de plaisir transformait nos rencontres en délices. La clandestinité est l'assortiment d'épices le plus aphrodisiaque qui soit. Mais comment vivre d'un festin hebdomadaire quand on n'a pas droit à son repas quotidien ?

Ray aurait dû laisser son épouse gérer notre grille de rendez-vous. Les directeurs d'établissements scolaires sachant concilier des centaines d'emplois du temps, madame la principale aurait déterminé rationnellement à quelles heures le prêt des époustouflantes cuisses de son époux m'était consenti.

— Je le connais ?

— Ray, j'ai toutes sortes d'ennuis en ce moment, impossible de t'expliquer, mais ne t'inquiète pas, on a dit qu'on se voyait la semaine prochaine.

— Tu l'aimes ?

— Oui.

Aucun doute. J'aimais Romy. J'aurais pu mentir. Ça ne m'est pas venu. Si cet aveu mettait fin à ma liaison avec Ray, c'était dans l'ordre des choses. Jouer la roue de secours d'une voiture familiale pathétiquement ordinaire ne constituait pas un avenir. Si Ray ne supportait pas cette épreuve, il n'avait qu'à se réfugier dans les bras de sa principale, lui faire un troisième enfant et s'ennuyer à perpétuité.

J'eus alors la vision de Ray marchant à l'envers, sa tête bizarrement emmanchée dans son cou : son visage me regardait, et son dos me faisait face.

— Chérie, tu as oublié comme c'est bon, nous deux ?

Son odeur, sa langue, sa peau de soie, son cul rebondi, ses cuisses à remporter des concours de plage, son sexe de petite taille, plus exactement taillé pour moi, et dont les spectaculaires bandaisons me ravissaient... Non, je n'avais rien oublié.

— Tu voudras encore ?

Il m'a donné ses yeux, comme parfois pendant l'amour. Une flaque chaude m'a inondé la poitrine et le ventre. J'ai cru revenir à nos débuts, lorsque, amoureuse, j'étais transportée vers lui, impatiente de ses bras.

— On se voit la semaine prochaine, Ray. Tu arrives sans prévenir, je ne peux pas être disponible en permanence ! On se voit très peu, et c'est ton choix, ne me dis pas non !

— Oui.

Je l'ai embrassé sur la joue avant de refermer la porte.

Dans le salon, Romy souriait, assise sur la chaise de chef. Son visage buvait la lumière.

— Je me sens bien chez vous.

Dans *Le vieux fusil*, le film culte de Gasp, chaque fois qu'elle apparaissait, elle faisait pétiller le moindre geste, la moindre parole. Chaque spectateur avait forcément envie de la serrer dans ses bras. Il fallait la voir courir après un cerf-volant sur la plage de Biarritz dans le film de vacances en noir et blanc que son mari visionnait après sa disparition. Radieuse. Choisie par le réalisateur pour ses exceptionnels frémissements, elle mourait au premier tiers du film. Mais elle restait plus vivante que les vivants.

C'était vrai aussi chez moi, à Belleville. Romy plus vraie que mon père, ma mère, Gasp, Boris, ma concierge, Ray, sa femme, ses enfants. Sa gaieté plus forte que mon travail-radotage, une passion-piège en forme de cuisses, un dingue qui braquait ma voiture, me rendait mon sac, gardait ma trousse de maquillage et mon portable.

— Les individus capables de se déguiser en infirmier pour photographier un enfant mort vivent la tête à l'envers.

Pendant quelques secondes, j'ai pensé à Ray, à sa tête bizarrement emmanchée dans son cou, mais l'essentiel n'était pas là. Pour la première fois, Romy prononçait une phrase. Davantage qu'une question, une exclamation ou un encouragement. La première fois. Sa sérénité n'était pas parfaite. Il restait en elle une souffrance. Celle qui l'avait tuée. La mascarade des photographes autour de l'enfant éventré. Cet appétit face à la mort.

Pour la première fois, elle parlait, créait un lien entre elle et Romy Schneider. Elle était Romy Schneider. Et moi pas grand-chose. Une veuve déshéritée picorant dans la mangeoire des autres. N'aimer personne avait été ma suprême victoire. Jusqu'à Romy, j'avais imaginé la solitude comme un choix, un refus des compromis. L'envie d'être libre. Autonome. Désormais, je voyais la peur. Le confort de l'indifférence. N'aimer personne.

J'ai serré mon sac contre moi. Mon voleur me l'avait rendu, ce sac. Cela devait avoir un sens. Depuis six ou sept ans, j'utilisais cette besace dont le cuir souple, vieilli, écorché, devenait de plus en plus doux au toucher. Gasp était mort, mon père gâteux, Ray absent, mais j'avais mon sac dans mes bras.

J'y ai plongé la main pour attraper la boîte de chewing-gums, et, c'est rituel, je ne l'ai pas trouvée tout de suite. Un sac est toujours trop grand ou trop petit. Moi, je préfère trop grand, c'est un choix, qui m'agace souvent, mais sur lequel je ne me décide pas à revenir. Tout était trop grand pour moi. Mon sac. Ma vie. Romy.

Ma visiteuse m'a sortie de ce ressassement :

— Prenez le temps d'être là.

Me détendre. Lâcher. Je suis allée dans ma chambre, me suis allongée sur mon lit. C'était délicieux de sentir la présence de Romy dans la pièce voisine.

À ce moment-là, j'espérais que nous vivrions ensemble, que nous partirions en vacances ensemble. J'y croyais. Elle à mes côtés, je n'aurais peur de rien. La période la plus heureuse de ma vie commençait.

En enfilant mon pyjama bleu, j'ai pensé à l'émission sur les sourds que je regardais au moment où Romy avait sonné à la porte. Il s'était passé seulement vingt-quatre heures. J'avais l'impression que Romy était là depuis des semaines.

Une journée qui dure des semaines, ça existe parfois.

Bras dessus bras dessous, Romy et moi traversions la cour pavée dans la lumière fluorescente de la lune, sous le balancement des branches de l'acacia. Le visage de Romy rayonnait, ses dents brillaient sous ses lèvres rondes. J'étais heureuse. Je me tenais droite, je me sentais belle, comme si ma visiteuse m'avait prêté de sa splendeur.

J'ai d'abord perçu un bruit lointain de moteur. Tout commence par l'oreille chez moi, je l'ai déjà dit. Puis ce fut un vacarme. Je me suis serrée contre Romy. Elle ne souriait plus. Pour la première fois, son visage apeuré.

Deux gros yeux jaunes nous ont éblouies. Une voiture nous fonçait dessus depuis le porche. J'ai reconnu la Peugeot. Derrière le pare-brise, la gueule de mon braqueur, avec son gros nez et son bonnet de laine. J'ai essayé de crier. Je n'entendais qu'un bruit strident. Comme une alarme. Le vacarme s'est arrêté. A recommencé. Identique. En regardant Romy, j'ai vu, à travers ses joues, les chiffres rouges du réveil radio. 5 h 48. À nouveau, la sonnerie du téléphone. Ça m'a foutu la trouille.

J'ai pensé à ma mère, à mon braqueur. C'était Lina Andich. Une voix mourante :

— Je suis dans la merde, il faut que tu me sortes de là !

Moi, sauver quelqu'un ? L'optimisme de Lina.

— Où ?

— Chez moi !

L'affaire se compliquait, mais inutile de questionner. La loi du célibat exige qu'entre copines, on ne se laisse pas tomber dans les moments difficiles, la vie est suffisamment dure comme ça.

— La porte doit être ouverte, du moins j'espère !

Là, je n'ai pas du tout saisi, mais j'ai enfilé mes chaussures imperméables et ma doudoune par-dessus mon pyjama bleu.

Aucun bruit dans la chambre de Romy. Elle dormait. Chez moi. Dans mon lit pendant mon absence. Depuis la mort de Gasp, il n'y avait jamais personne chez moi lorsque je n'y étais pas. J'avais eu du mal à m'y habituer après mon veuvage. Personne ne me précédait dans mon appartement immanquablement vide, éteint. Personne ne m'attendait avec un bon petit plat, un apéritif. Personne ne m'avait réchauffé une cochonnerie au micro-ondes.

J'ai tiré la porte sans faire de bruit. Quelqu'un était chez moi sans moi. Et pas n'importe qui. Romy.

Dehors, il faisait glacial. La lune baignait la cour

d'une belle lumière argentée. J'ai levé les yeux vers le ciel transparent.

Rue de Belleville, un taxi est passé presque aussitôt. La nuit, il est aussi facile de héler une voiture à cet endroit qu'à New York.

J'ai toujours aimé Paris la nuit sans guère en profiter. Je me promis de proposer un soir une balade en taxi à Romy, de traverser la ville, de naviguer parmi ses étoiles et galaxies.

Lina n'habitait pas loin, de l'autre côté des Buttes-Chaumont. Le trajet fut rapide. Au onzième étage, aucun bruit. J'ai sonné. Rien. J'ai appuyé sur la poignée, la porte s'est ouverte, je suis entrée dans le salon. Un désordre dingue. Je ne m'en suis pas étonnée, Lina est la femme la plus bordélique qui soit. Elle m'a appelée de sa chambre. J'ai traversé le couloir et je l'ai vue à poil sur son lit, avec sa gueule des mauvais jours. J'ai enjambé des vêtements, la couette, deux oreillers, des chaussures, des verres renversés... Lina était menottée par le poignet gauche au bois de son lit !

J'étais devant une installation réalisée par un plasticien, pas devant une œuvre destinée à moi seule. Bouche bée, je m'accrochais à mon sac. Il ne pouvait me servir de bouée, mais je n'ai guère l'esprit d'à-propos.

— Je me suis réveillée à deux heures du matin dans cet état, je ne me souviens absolument de rien.

— Tu t'es quand même pas menottée toute seule ? j'ai fait, bêtement.

J'avais lu des articles sur cette poudre qui, dissimulée dans une boisson, rend amnésique : « La drogue du cambriolage sexuel facile. » Inutile d'épiloguer.

— J'ai rencontré des gens à une soirée, on est venus prendre un verre ici, vers onze heures du soir.

— Mais qui ?

— Deux mecs, une nana. Je leur ai servi à boire, et puis, le trou noir. J'ai mal partout.

Elle claquait des dents. Je n'ai pas osé lui demander des nouvelles de la friandise qu'elle cajolait au studio. Côté séduction, Lina est la femme la plus rapide qui soit.

— Ils t'ont violée ?

Elle n'a pas répondu, j'ai ramassé la couette et l'ai posée sur elle. Pleine d'ecchymoses, surtout à l'endroit de la menotte, Lina faisait la gueule. Moi aussi. J'ai pensé à Romy qui dormait dans mon lit. Retrouver le sourire. C'était le plus important. Certaines nuits d'hiver, ce n'était pas facile. Lina menottée à son lit, et moi, en doudoune sur pyjama, l'air d'un couteau dans le bec d'une poule. Les célibataires fringantes, autonomes et libres étaient dans le pétrin. Une espèce à protéger comme les baleines et les koalas.

J'en avais marre. J'aurais pu fumer une vingtaine de Gitanes sans filtre en buvant un triple whisky pour faire glisser quelques Prozac.

Lina effondrée, méconnaissable. Se faire violer par des barges était le contraire de son programme.

Si même la baise devenait la guerre, difficile de rester optimiste. Décidément, rien ne tournait rond. Sauf Romy.

Les larmes aux yeux, Lina tira sur son bras prisonnier :

— Ouvre ce truc, j'en peux plus !

Je suis partie vers la salle de bains, à la recherche d'une épingle à cheveux, d'une pince à épiler, quelque chose. Après diverses tentatives, je parvins à ouvrir la menotte avec une lime à ongles.

Lina s'entortilla dans un peignoir, je lui fis du café. Elle n'allait pas porter plainte, la presse serait trop contente. Je pensais au type déguisé en infirmier pour photographier l'enfant mort. Tous ces gens la tête à l'envers. Je revoyais la tronche de mon braqueur. J'étais claquée, découragée.

J'aidai Lina à ranger le bordel. Elle pestait, c'était bon signe. La colère est chez Lina le moyen d'expression le plus abouti. Je la regardais aller et venir, tempêter, grande et maigre. Fermée, agressive, tendue.

— Tu vas aller chez le toubib, quand même ?

Je me suis à nouveau entendue parler comme ma mère, test sida et toutes ces choses qu'on se croit obligé de dire. Rien à faire, ma génitrice me doublait encore. Le sexe et la mort, à quoi bon radoter ce que les journaux nous assènent à longueur de colonnes ?

Dehors, il faisait toujours aussi froid, le bleu chuchotait au-dessus du quai de la Loire. Ce coin-là n'étant pas du tout New York, pas le moindre taxi. Je me suis mise à marcher très vite le long des grilles du parc des Buttes-Chaumont. J'avais hâte de retrouver Romy. Je ne pensais qu'à ça en regardant les arbres se tendre vers le jour, j'en avais la gorge serrée. Je voulais bien la laisser respirer, mais comment respirer sans elle ?

Je suis arrivée à bout de souffle rue de Belleville. J'ai acheté des brioches et des croissants chauds et j'ai couru vers elle.

Assise sur la chaise de chef, Romy m'attendait. Chez moi ! Elle avait trouvé place dans notre appartement. Une petite roue se mit à tourner à vive allure à l'intérieur de ma poitrine. C'est, je crois, ce qu'on appelle l'allégresse, parce que ça file allégrement. Cette séquence était la plus belle du film que m'avait offert ma visiteuse depuis son coup de sonnette chez moi. Elle était douce et fraîche. Les cheveux noués dans un chignon. Différente. Chaque jour différente. Elle incarnait d'innombrables femmes.

Son visage paisible était un contrepoison à l'idiotie que je venais de subir : Lina menottée à son lit. Romy, heureuse, insouciante. Ma consolation. Une installation plastique destinée à moi seule.

La table du petit-déjeuner était mise. Comme la veille. Quelqu'un dans ma vie. Des habitudes à nous.

J'ai fait du café. Nous avons mangé avec appétit les croissants chauds, les brioches moelleuses, les biscottes beurrées. Je ne me lassais pas des ronronnements de Romy. Tout semblait lui convenir, comme toujours. Je me sentais parfaitement détendue. Nous avions enfin du temps. Une journée devant nous. Pour nous.

Je n'en finissais pas de la contempler. L'harmonie de son visage devait correspondre à une équation mathématique, ses traits au nombre d'or. Une telle beauté obéissait forcément à des règles. Comme ces temples, chapelles ou édifices sacrés aux proportions idéales.

Les yeux de Romy. Noisette, gris, verts, bleus. Deux cercles de moires et de laques, d'eau et de feuilles. Les hommes ont probablement découvert le cercle dans les yeux de leurs semblables. Comment n'avais-je pas saisi cette figure géométrique chaque fois que j'avais considéré quelqu'un ? Il suffisait d'une première fois, pour, sous les paupières de chacun, voir la perfection du cercle.

J'ai pensé que si Romy me quittait un jour, et j'étais obligée de penser à cette éventualité, je devais garder son visage. La clarté. Le nombre d'or. Les cercles. La perfection. Monter des séquences de sa filmographie, les détourner, les postsynchroniser de neuf. Sur les images juxtaposées, défileraient les calligraphies d'une bande de postsynchronisation indiquant durée et intensité de chaque syllabe prononcée. Dans une incrustation, une femme traduirait en langage des signes les dialogues originels, ainsi présents sans être entendus. S'amuser. Décaler. Artiste plasticienne ! Je me plaisais dans ce rôle. Zapping télévisé, vidéo, cette œuvre appartiendrait à Romy et à moi. Notre enfant.

J'en avais voulu à Gasp de s'amuser sans moi en peignant ses tableaux. Romy m'apprenait que je n'avais besoin de personne pour jouer à mon tour. Mêler *Le vieux fusil*, *L'important c'est d'aimer*, *Sissi*, *César et Rosalie*, *Christine*, *Les choses de la vie*... Parler par la bouche de Romy. Retrouver le sourire. Il est très mauvais pour la santé de faire la gueule, tous les cancérologues sont d'accord là-dessus. Le sourire de Romy me disait son envie de rire. « Si tu veux jouer, joue, si tu veux courir, cours ! » C'était simple, clair.

Elle avait engagé un CD dans la chaîne. Janis Joplin. *Cry Baby*. Je me suis mise à fredonner, oubliant que je chantais faux. D'ailleurs, il paraît que personne ne chante faux, certains se trompent tout simplement de voix. Ce matin-là, mes borborygmes semblaient m'appartenir, ce qui constituait déjà une victoire. Je me sentais, si j'ose dire, sur la bonne voie.

À cet instant, on a sonné à la porte, ça m'a rendue folle. J'avais besoin d'une pause, d'une récréation. Je n'en pouvais plus. J'aurais volontiers participé à une manifestation contre la dictature des sonneries. Quand on rencontre quelqu'un, c'est si rare, on devrait avoir le droit de dire. « Pouce ! foutez-moi la paix. »

Nouveau coup de sonnette. La colère remplaça la peur et m'accompagna jusqu'à la porte.

C'était Boris. Avec la cassette de son film. J'étais furieuse. Je lui ai dit d'entrer. Il a accepté un café.

Ma rage est tombée brusquement lorsque j'ai vu que Romy avait détaché du mur le boomerang bleu offert par mon père pour mes huit ans. Elle caressait ce jouet en contreplaqué taillé, limé, poli, peint par mon père. Elle le cajolait avec attention, respect. Presque avec amour.

Cette image me remua. Romy ressuscitait mon père. Elle savait le boomerang jouet, pas arme de chasse qui revient dans la figure si la cible est manquée, pas acte et parole qui se retournent contre vous. Le dictionnaire, elle s'en foutait ! Pour elle comme pour mon père et moi, le boomerang était sport et spectacle. Regarder la virgule de bois tournoyer, amorcer son virage, et prendre le chemin du retour. Attendre. Le maître mot : attendre.

Gasp m'avait parlé d'une sensation semblable au billard. La boule roule. Le sort en est jeté. Patience.

Savourer ce suspens. Il donne au temps une singulière consistance.

Boris radota :

— J'aimerais que tu acceptes ce boulot sur mon film.

Je n'ai pas répondu. Je ne voulais pas travailler. J'avais mieux à faire. J'avais besoin d'un entracte. Romy était d'accord. Elle était ma pause. Je nous ai revues courant sur le trottoir pour danser avec le génie de la Bastille. Prendre le temps d'en avoir. Extirper du petit sac de temps pendu à mon épaule la précieuse récréation qui échappait sans cesse à cette fille paresseuse, fermée, dépendante : moi. Humer ce trésor.

Je n'avais pas joué au boomerang depuis des années. Gasp et Ray s'en foutaient, et j'avais le chic pour me détourner, avec beaucoup de naturel, de toute activité qui n'intéressait pas mes amants.

Je revoyais le signe de tête de mon père : « On va jouer ? » Un gosse. Quand il a cessé d'être un gosse, mon père est devenu sénile. Pour rester môme. Parfois, je comprends pourquoi je n'ai pas eu d'enfant. J'en ai toujours eu un. Mon père avait tant aimé jouer qu'il continuait. Je parvenais parfois à m'en rendre compte, et à l'accepter.

Mon père en mouvement.

Ma mère, la voix.

J'ai cru longtemps que seule la fatalité attachait mes parents l'un à l'autre. Et ma naissance. Elle aussi, une fatalité. J'avais tort. Mon père et ma mère, un monde entier.

Mon père, en activité et silencieux, bricolant, cultivant son jardin. Ma mère, parlant, pour combler ses gestes vides. « Allez, un petit coup de gril et ça va être prêt », « Il faut que je fasse les vitres, on ne voit plus clair dans cette maison », « Mets la table, débarrasse, va me chercher un bouquet de persil ».

Des décennies plus tard, ce bruit de fond m'accompagnait encore. J'étais en permanence doublée par ma mère. Sa voix off commentait mes actions ou postsynchronisait mes paroles. Romy savait la faire taire, ma mère, et chaque fois, un sentiment de paix. La paix que mon père avait perdue, depuis qu'il avait peur des brigands qui s'évadaient à l'autre bout de la France, des vêtements qui lui agaçaient la peau, de l'urine chaude qui coulait le long de ses jambes. Peur de son appareil génital qu'il dévoilait pour s'excuser de posséder ces organes dont il ne reconnaissait plus l'utilité. Une peur qui l'emportait dans des discours sans fin.

Romy caressait toujours le boomerang bleu. J'aurais pu contempler cette image pendant des heures. Boris s'en foutait. Il ne la voyait pas. Il parlait de son film. Dates, techniciens, voix off. Par chance, dans mon métier, j'ai l'habitude d'entendre sans écouter, de voir sans regarder. Je ne savais pas exactement ce que Boris disait. Il le disait bien. Une histoire d'étoiles, au siècle des Lumières. Un astronome découvrait les étoiles variables et mourait à vingt et un ans. Il était sourd-muet. Ça me rappelait quelque chose. Et alors ? Je n'avais pas du tout envie de revenir en arrière. Toutes les séquences que nous avions vécues, Romy et moi, étaient bonnes. Rien à reprendre.

Pourtant, j'étais inquiète, Romy paraissait lointaine, indifférente. Elle n'était pas d'accord pour partager sa vie, la couper en deux.

Un jour, ma mère m'avait confié quelque chose de cet ordre. « Je suis davantage épouse que mère. » Ça m'avait choquée sur le coup. Elle prétendait que je n'avais pas beaucoup compté ? Romy n'était pas d'accord : il avait fallu du courage à ma mère pour reconnaître que la maternité n'avait pas été la chose la plus importante de son existence. Une femme n'ose jamais dire cette vérité. Ma mère, elle, avait reconnu que je n'étais pas sa raison de vivre. Une chance. J'étais née pour ma vie à moi. Elle m'avait avoué qu'aimer son enfant, ce n'était pas le principal, seulement une évidence. Ça occupait vingt ans, ce n'était pas tout. Son amour pour mon père, c'était plus que l'évidence. Elle l'avait aimé tous les jours pendant quarante-cinq ans, et c'était plus important pour elle que de m'avoir engendrée. L'aveu me libérait d'elle, mais j'avais préféré de pas comprendre, j'avais trop peur d'échapper au trio infernal.

Romy avait ouvert la cage. Mais elle n'était ni mon père ni ma mère ni mon amant. Disponible, pas à ma disposition, elle n'était pas venue pour m'occuper ou s'occuper de moi. Elle me rendait visite. Droite, les yeux ouverts. Chaque instant un instant. Chaque personne une personne. Chaque regard un regard. À moi de me débrouiller avec ça.

J'avais laissé Boris en plan. Il soupira plusieurs fois, sans doute lassé par mon air hagard, mais il ne se découragea pas pour autant. Il me tendit la cassette. *Les yeux d'un sourd*. Je n'en sortais décidément pas.

Boris m'a suivie dans ma chambre. J'ai poussé la cassette dans la fente du magnétoscope. J'entendais Romy débarrasser la table du petit déjeuner. La voix de Janis, en sourdine. Une part de moi en enregistrement automatique, l'autre avec Romy, dans le salon. Comme un amoureux qui n'est pas à ce qu'il fait. La professionnelle, elle, voyait un bon film. Le muet du XVIIIe siècle, cela ne m'échappait pas, était plus vivant que ceux qui parlent, qui entendent, qui se bouchent les oreilles tellement ils entendent. Plus vivant que ceux qui ont tout et ne savent rien, même pas qu'ils ont tout.

J'avais envie d'arrêter la lecture de la cassette, de dire à Boris « D'accord, pas de problème », et de vite rejoindre Romy, mais je ne pouvais pas le traiter comme un chien. Je l'avais fait quinze ans plus tôt. Côté rabâchage, ça suffisait comme ça.

Je me concentrais sur le moindre bruit dans la pièce voisine en mangeant les peaux autour de mes ongles.

— Ça t'ennuie, c'est ça ?

— Non !

Dans d'autres circonstances, j'aurais apprécié ce film, je le savais. Boris ne manquait pas de talent. Romy ne s'y était pas trompée, ne l'avait pas méprisé pour son embonpoint, ses vêtements ridicules. Elle m'avait conduite vers lui. Les codes, le bon goût, tous ces préjugés avaient déserté son esprit. Ils imprégnaient le mien.

La cassette terminée, Boris refusa de m'accorder la pause :

— Alors ?

J'ai paniqué, je n'entendais plus Romy. J'ai gardé le silence. Il a réclamé la cassette. Je l'ai sortie du magnétoscope. Toujours aucun bruit à côté. Seulement Janis, en sourdine.

— On t'a déjà dit que t'étais aimable, comme fille ?

Boris secoua la tête. Je l'avais déçu depuis longtemps. Si je ne fabriquais pas la bande-son, quelqu'un d'autre le ferait, cela n'avait pas d'importance. Je n'avais pas d'importance. J'ai fourni un gros effort :

— Il me faudra visionner le film une dizaine de fois avant de proposer un axe de travail.

— Un calvaire pour toi ? Tu veux bosser ou pas ?

Non. Je préférais prendre des vacances avec Romy, j'y avais droit.

— Oui !

— L'envie, il t'arrive d'avoir envie, bon sang ?

Il m'engueulait. Il avait raison, je n'étais pas en vie, je n'y pouvais rien.

Janis chantait toujours. *Summertime*. Nous sommes retournés vers le salon. Romy n'y était pas. Mon cœur s'est soulevé. Je ne voulais pas croire qu'elle était partie.

Du couloir, une voix :

— Y'a quelqu'un ?

Le SDF se tenait à l'entrée du salon. Romy lui avait-elle ouvert la porte ?

— J'ai trouvé ça dans les poubelles du marché, vous vous rendez compte ?

Il portait cinq ou six grosses mangues luisantes dans les bras. Les poubelles du marché ? Oui, il était déjà treize heures trente ! Boris s'énerva :

— On peut quelque chose pour que tu arrêtes de faire la gueule ?

Je paniquais. Enfin, des bruits de vaisselle me sont parvenus de la cuisine. Romy était là. Le poids sur ma poitrine s'est envolé. Ma visiteuse est apparue parfaitement à l'aise, souriante, pas fâchée contre moi qui l'avais abandonnée pendant une bonne heure et demie. Elle a posé sur la table les restes du frigo. Le SDF y a ajouté ses gros fruits rouge, jaune, vert.

Je me suis assise. Boris ne me quittait pas des yeux. J'ai respiré :

— Ton film est très beau, Boris.

Il ne m'écoutait pas. Il ne me croyait pas. Il avait tort.

— J'aimerais beaucoup y travailler, laisse-moi quelques jours, j'ai des soucis.

— T'as toujours des soucis, t'aimes ça !

Il se trompait. Je n'aimais pas du tout les soucis. D'ailleurs, cet après-midi-là, je n'en avais aucun. Du monde chez moi. C'était mieux que la télé, même sans le son. Depuis la mort de Gasp, je ne recevais personne. Seulement Ray. J'avais droit à une visite, comme les prisonniers. Je l'ai déjà dit, je me contente souvent de ce qui me convient le moins.

Assise sur la chaise de chef, Romy quadrillait avec un fin couteau un quartier de mangue. Puis elle incurvait la portion de fruit vers sa bouche, érigeant des petits cubes qu'elle mordait délicatement. Et ce sourire, ce sourire...

Boris et le SDF me paraissaient moins laids que la veille. Je m'habituais à eux. Chaque personne une personne.

— Quand tu te seras décidée, tu iras voir Ajeg, fit Boris. Si tu n'es pas venue d'ici la fin de la semaine, on comprendra.

J'ai hoché la tête. Je ne lui en voulais pas d'être en colère contre moi. Je n'avais pas peur. Romy et moi, nous étions fortes ensemble. Rien ne pouvait déranger notre vie commune désormais.

Quand Boris et le SDF partirent, tout avait été rangé dans le salon et la cuisine. Par qui ? Je n'en avais aucune idée.

Dès que nous avons été seules, Romy a repris le boomerang et me l'a tendu. « Si tu veux jouer, joue ! »

Mais pour lancer le boomerang, il fallait dénicher un lieu calme et solitaire, ce qui plaisait jadis plus que tout à mon père, il jouait pour être seul, ne pas avoir à parler.

J'ai pris le bâton recourbé. Je ne l'avais plus touché depuis mon emménagement. Je l'ai caressé avec attention, respect, presque avec amour.

J'ai suggéré que nous allions aux Buttes-Chaumont, attrapé deux paires de baskets dans le placard de l'entrée, et proposé à Romy d'en choisir une. Elle s'est décidée pour les blanches, sans hésitation, comme toujours. Elle riait parce que la paire de Nike était trop grande pour elle. Et moi, j'étais fière qu'elle porte mes chaussures.

Nous sommes parties, bras dessus bras dessous. Depuis mon installation à Belleville, j'étais entrée une seule fois dans le parc des Buttes-Chaumont.

En plein cœur de l'hiver, du vert. Pelouses, haies, arbustes, conifères, persistants. Il faut sortir de l'enfermement pour le mesurer. Le ciel veillait au-dessus de ma tête. C'était justement ce que je cherchais : un grand ciel.

Je ne sais combien de temps nous avons joué, en sueur, doudoune et manteau abandonnés sur l'herbe. Le retour du boomerang. Un intermède dans sa mort, un intermède dans ma vie. Je me marrais comme une dingue, Romy aussi. Des gosses.

Nous riions encore lorsque nous avons quitté la pelouse, les joues rouges, le souffle court. Ma peau était moite et chaude sous la doudoune. Nous avons fait le tour du parc, blotties l'une contre l'autre, en compagnie des arbres, des buissons et du ciel.

Le jour commençait à tomber. Nous sommes revenues vers la rue de Belleville. Je suis entrée chez le caviste pendant que Romy regardait la vitrine. J'ai acheté une bouteille de bordeaux.

Je suis ressortie. Elle n'était plus là.

Plus là.

J'ai eu froid d'un coup. J'ai hâté le pas. Elle m'avait précédée chez nous. J'en étais sûre.

Je poussais la lourde porte du porche lorsqu'on m'a appelée. La voix de Ray.

— Chérie...

Chérie ! J'ai détesté qu'il utilise ce terme passe-partout parce qu'il n'avait pas voulu me donner son nom, pas voulu remplacer celui de mon père.

— J'ai des projets pour nous, chérie, je t'aime. Cette fois, je suis prêt, je vais me libérer pour toi.

Le visage de Ray tout près du mien. Son souffle chaud sur ma peau. En gros plan, les cercles de ses yeux. Bleus d'eau, bleus de rêve d'outremer. Avec, dans l'iris droit, une tache dorée. Un éclat de soleil que j'étais seule à voir. J'avais aimé cet homme. Corps, langue, mains. Et il m'avait sans cesse abandonnée. Romy, elle, m'attendait pour que nous continuions notre récréation.

Aucun doute, Gasp m'avait envoyé Romy pour que Ray n'ait plus de place. Même pas la tache dorée.

J'en voulus à Gasp d'être encore là, tout mort qu'il était. Mais j'étais obligée de lui obéir. D'en finir avec Ray pour qu'il cesse de s'interposer entre Romy et moi.

L'odeur de Ray dans la mienne. Sa bouche frôlant presque mes lèvres. Sur l'image arrêtée de son visage en gros plan, défilait le générique final de notre film. Mon amour ne serait plus mon amant. Je l'avais fini. Comme un verre. Un repas. Fini. Mes côtes m'étouffaient le cœur. Tant pis. Il avait laissé Romy m'ouvrir les yeux. Il n'avait pas assisté à l'événement : moi voyant enfin le jour à trente-six ans. Comment le lui expliquer et à quoi bon ? Seul Gasp pouvait comprendre.

— Chérie !

Je lui ai tourné le dos.

Fini.

Romy était sous la douche. Chez elle chez moi. Tout allait bien. À nouveau, la voix de Janis dans les enceintes. *Bye Bye Baby*. J'avais rompu avec Ray. Entracte.

Assise sur la chaise de chef, je regardais les branches de l'acacia bercées par le vent. Gasp se réjouissait en moi. Depuis sa disparition, il n'avait pas été un mort encombrant. Ce soir-là, il exultait. Son assassin avait disparu, Romy m'avait rendu visite et j'avais quitté Ray. Gasp avait repris sa place. Je me suis efforcée de ne pas penser à la tache de soleil dans l'œil droit de Ray. Elle me manquait déjà. Romy m'aiderait à l'accepter. Gasp aussi.

Vivre l'entracte. Sans homme. Me reposer. Respirer. Depuis la mort de Gasp, je ne l'avais pas fait. J'avais tout de suite pris un amant. Après la crémation au Père-Lachaise, terrée dans l'appartement de Montmartre, je suffoquais, écrasée du dedans, je ne sais comment dire autrement. À cause du vide. Gasp mort, je voulais vivre. Pas si facile pour une moitié. Sa famille avait emporté nos tableaux. NOS tableaux : je croyais que nous avions fait œuvre commune, comme si une moitié pouvait œuvrer. La disparition des toiles me prenait le peu d'énergie qu'il me restait, j'essayais de les remplacer à moi toute seule, comme si c'était possible. Rod a téléphoné : « Tu veux que je vienne pour qu'on parle ? » Je n'en avais aucune envie. Mais j'ai pensé qu'il me cacherait les murs vides et les traces noirâtres qui dessinaient la forme des tableaux envolés.

Rod est arrivé, grave, plein de compassion. Je ne lui en demandais pas tant. Sur le coup de vingt-trois heures, nous avons fait l'amour. Puis, la tête vide, le corps décrispé, j'ai regardé Rod dormir à poil sur le dos, le ventre mou, les jambes écartées, le sexe flasque et sombre entre ses cuisses blanches, la bouche entrouverte et bourdonnante. Je ne criais pas victoire, mais renoncer à l'ambition dans les moments de détresse est indispensable. Je ne pensais plus aux traces noires sur les murs, seulement à mon souffle court, mon ventre chaud.

Nous nous étions revus, Rod et moi, pendant une semaine. Nous parlions peu. La mort coupe le sifflet, c'est un de ses avantages. J'avais l'impression d'être en cure. L'amour est la chose la plus utile qui soit. Les cures d'amour, on y viendra forcément. À la fin de cette semaine-là, j'avais rencontré Ray.

Une manie chez moi : passer d'un homme à l'autre. Aucun répit. J'enchaînais. Malgré tout, depuis quelques années, j'appréciais l'amour à l'aune d'un seul sexe.

J'avais été fidèle à Gasp après l'avoir beaucoup trompé au début. Depuis que j'avais rencontré Ray, il n'y avait que lui. Dans la vaste tombola des rencontres, la roue avait tourné, et la queue dressée de Ray s'était arrêtée sur mon museau comme la tige souple de la loterie sur le numéro gagnant. Romy avait arrêté la ronde des amours provisoires. L'intermède Ray avait pris fin. Je devais attendre. Respirer.

Elle apparut à la porte de la salle de bains dans la chemise de nuit que je lui avais donnée le premier soir. Démaquillée. Fraîche. Encore différente. Toujours différente. Un film à elle toute seule. Toutes les images d'un film. Son sourire, son sourire...

J'ai failli lui dire que j'étais le genre de fille qui baise le jour de l'enterrement de son compagnon, et n'en éprouve, de surcroît, aucun remords, car elle déteste trop les regrets. Je me suis tue. Romy aurait compris.

Elle a dressé la table. Nous avons bu du bordeaux, mangé du pain, du fromage et des mangues. Romy léchait ses doigts. Ça, je ne l'oublierais pas. Voir Romy lécher ses doigts.

J'ai déplié le canapé, préparé mon couchage. Je ne me souviens pas si Romy m'a saluée avant de partir vers mon lit.

Je me suis couchée en imaginant le film que j'allais bientôt réaliser. Sur une moitié d'écran, Sissi embrassait une biche. Voix off d'un type : « Dégage, j'ai besoin de ta caisse. » Puis la princesse et Mamili : « Tu t'es quand même pas menottée toute seule ?

— Mais qui ? — Deux mecs, une nana. Je leur ai servi à boire, et puis, le trou noir. J'ai mal partout. — Ils t'ont violée ? » Une voix sinistre doublait Franz valsant avec sa promise lors du grand bal de la cour : « Vas-y, ouvre-lui bien les cuisses, elle dort... » Sissi courait, au milieu des biches, vers Franz, le futur empereur. Ses lèvres parlaient des cuisses de Ray et d'un boomerang volé par un braqueur à gros nez... Et Janis : *I'll drowm in my own tears*. Pendant ce temps, sur l'autre moitié de l'écran, Gasp peignait, dans un cercle, un feuillage bleu et doré, en disant : « Merci d'être venue. » J'ai eu le temps, juste avant de m'endormir, de me dire que c'était impossible. Gasp était mort. Comment le filmer ?

Je me suis réveillée dans mon lit, plus exactement sur le canapé. Un rayon de soleil m'arrivait droit dans l'œil. La gorge serrée, j'ai regardé autour de moi, tendu l'oreille. Rien.

J'espérais Romy à la porte du salon, habillée, coiffée. Ni mouvement ni bruit. La salle de bains était vide, aucune lumière à travers les pavés de verre. Peut-être dormait-elle encore ?

Je me suis levée. J'ai entrebâillé la porte de ma chambre. Personne. Le lit était fait. Dans la salle de bains, sa serviette de toilette humide.

Comment ne l'avais-je pas entendue ? D'habitude, un rien m'éveille. Depuis son arrivée, je me sentais en sécurité et disparaissais totalement dans le sommeil.

L'idée de retrouver mon lit, pour lequel j'avais eu

jusqu'alors beaucoup d'affection, m'a submergée d'angoisse. Aimer son lit : accepter la solitude.

C'est là que j'ai trouvé, sur la table, ce mot tracé sur un post-it jaune : « À tout à l'heure. » Une écriture ferme, régulière. Son écriture. Elle m'avait laissé un autographe. « À tout à l'heure. » L'angoisse s'est envolée aussitôt.

Romy avait imaginé mon inquiétude. J'étais touchée par sa délicatesse. Je restais sa préférence et mon appartement le refuge vers lequel elle souhaitait revenir.

J'ai pris ma douche et mon petit déjeuner en chantonnant. Sentir en soi la présence de quelqu'un. Sachant que vous allez le revoir. Être certain qu'il pense à vous. Comment avais-je pu vivre sans cette douceur-là ?

Téléphone. Une femme. Ma voiture avait été retrouvée :

— Elle a passé vingt-quatre heures en préfourrière...

J'étais hébétée.

— Mais alors, ce type au gros nez, c'est qui ?

— Qui ?

— Mon braqueur !

Elle était offusquée :

— Je ne suis pas au courant, madame. Je travaille au service de la voirie.

— Pardon ?

— Votre voiture a été enlevée d'un stationnement gênant hier matin.

La nuit du braquage? Cette histoire ne tenait pas debout. Ma Peugeot fauchée pour participer à un casse? Puis décrétée trop vieille, donc invendable? Le vol n'était ni mon métier ni mon passe-temps, je ne pouvais comprendre.

— Faites attention, le tarif de la fourrière est élevé...

— Vous rigolez, on me l'a volée!

— Elle vous appartient!

La logique m'échappait, et si j'avais eu l'imbécile devant moi, j'aurais planté mes dents dans sa main pour me calmer les nerfs. Il paraît qu'enfant, à la maternelle, j'ai souvent mordu mes copains de classe. Ces moments de probable soulagement ne m'ont laissé aucun souvenir. Dommage.

N'empêche, je devais en finir avec cette voiture. Pour Romy, pour Gasp. Si je n'avais pas été délivrée de cette bagnole, ma visiteuse n'aurait pas sonné chez moi. Si je m'en libérais définitivement, Romy resterait près de moi. J'y croyais.

L'important n'est pas ce qui vous arrive, mais ce que vous faites de ce qui vous arrive. Pour une fois j'étais en parfait accord avec un précepte zen, et je partis pleine d'entrain accomplir la corvée fourrière. Sous le porche, la concierge distribuait le courrier dans les boîtes aux lettres.

— Ça s'arrange, vos histoires ?

— Oui, merci, on a retrouvé ma voiture.

Taxi. La ville étincelait d'un beau bleu d'hiver. Des ruisseaux de ciel coulaient entre les façades. « Magnifique ! » aurait murmuré Romy de sa voix basse et chaude. La voix pleine de quelqu'un qui avait vécu autant de douleurs que de bonheurs. Une voix juste.

Gasp, lorsqu'il était en résidence d'artiste à Berlin, avait peint un grand tableau : *Die Stimme stimmt*. En allemand, la voix — *die Stimme* —, c'est ce qui est juste — *es stimmt*. Peut-être avait-il pensé à Romy en créant ce tableau. La voix de Romy. La justesse même.

En l'écoutant, il me semblait entendre la voix berçante de ma mère lorsque j'étais dans son ventre. Le premier bruit du monde dans le liquide amniotique. Cette vibration intime. Mon goût pour l'écoute précise dont j'avais fait mon métier était né dans le ventre de ma mère. Apprendre à tout lire des intelligences et des sentiments dans les intonations, inflexions, tessitures.

Mon métier. Ma sauvegarde. Pour le reste, je n'avais pas empêché mon compagnon de mourir, je marchais en regardant mes pieds, conduisais ma Peugeot en obéissant aux feux de signalisation, en râlant contre les chauffards. Ma mère, elle au moins, m'avait prêté son sang dans mes veines et mes artères, avait aimé mon père et l'aimait encore depuis qu'il perdait la tête.

Je n'avais, moi, donné naissance à personne, je n'avais été le bonheur de personne. J'avais maltraité les hommes, comme les enfants les insectes dont ils arrachent les ailes pour voir s'ils crient. J'avais joué avec le cœur des autres pour m'assurer que je n'en avais pas. Plus tard, j'avais savouré de nombreux mâles. Bras, cuisses, sexe. Par curiosité, d'abord. Puis par habitude avec Gasp, pour mon plaisir avec Ray.

« À tout à l'heure », avait écrit Romy. Quand ? Comment vivre sans se raconter d'histoires ? Je m'inquiétais pour ma visiteuse, comme pour un enfant. Quelqu'un pouvait la voir. Reconnaître son inestimable valeur. Me priver d'elle. Il existait sans doute des individus dotés du regard du sourd.

La lumière me quittait peu à peu. L'angoisse pesait sur mes côtes. J'imaginais le type déguisé en infirmier photographier l'enfant mort. Le vide, la bêtise m'agrippaient, je rêvais de mon pyjama et de ma couette.

J'ai imaginé mon père et ma mère à l'hôpital avec une étiquette au poignet : DCD. Je répandais leurs cendres sur le gazon de leur pavillon. Seule au milieu de la pelouse. Une plante tétant de la poudre de morts. Seule à la mi-temps de l'existence. Plus personne devant moi. Personne après moi.

Obtenir le papier me permettant de récupérer ma voiture à la fourrière me coûta une bonne heure et demie. Mes nerfs frisaient, à la limite du crépu.

— Et votre convocation ?

— C'est ce que je viens chercher !

— Vous auriez dû la recevoir par la poste !

J'avais dû louper une marche. On comprend pourquoi la moitié des Parisiens sont sous tranquillisants. On ne peut pas mordre tout le monde, ça tournerait à la guerre civile. Une seule envie : retourner chez moi, me pelotonner sous ma couette et attendre Romy. Le reste était trop ennuyeux. Mais traîner au lit devant la télé en attendant le retour de la princesse charmante n'était pas acceptable. Toute facilité est aliénante. Je n'avais pas le choix.

— Il n'est pas habituel, prétendait la bureauphile, de contacter les propriétaires de voitures volées par téléphone.

Je gueulai, argumentai, j'en avais mal à la gorge.

Je quittai ce lieu du triomphe bureaucrate avec l'impression d'emporter mon propre permis d'inhumer.

Je plongeai pourtant vivante sous terre. Pendant le trajet métropolitain, je passai mon temps à compter les stations, à oublier, puis à recompter, je devenais aussi gâteuse que mon père.

Sur l'esplanade du fort d'Aubervilliers, des arbres et le toit-jouet du théâtre Zingaro. Un réconfort inattendu.

Autour, des bagnoles. Garées sur la place, et le long de la contre-allée, grondant sans répit sur la double avenue.

Je croisai des hommes solitaires, parfois précédés d'un chien qui tirait sur sa laisse. Pas de femme.

Paumée, j'entrai dans un bistrot-tabac-marchand de journaux pour m'informer, on me dit sans amabilité de rebrousser chemin, c'était un peu plus haut à droite.

Un vent froid s'était levé, des nuages couraient sur le ciel, et je marchais vite pour me réchauffer. Romy n'était pas là, ce qui changeait tout. J'y pensais forcément.

Partout, des voitures à vendre, à récupérer par pièces détachées, des carcasses rongées par la rouille espérant se confondre un jour avec la terre.

Je courus jusqu'à un baraquement. On prétendit que ma Peugeot n'était pas arrivée. Je finis par avoir gain de cause, elle était là, mais pas encore enregistrée dans l'ordinateur, et j'ai eu le droit de payer dans les deux cents euros. J'ignore si ma Peugeot les valait.

J'ai suivi un type. À l'infini, des milliers de coquilles, et des détritus mêlés aux orties, des ruines à la rouille, des canettes à la boue. Une sorte d'alchimie. C'était presque beau. Il faut dire que j'avais de grands yeux.

Au cœur de cette œuvre plastique géante, ma Peugeot. J'ai couru vers elle. Mon filofax en cuir bleu marine gisait sur le siège passager. Mon bien le plus précieux, mon lien avec le monde, n'avait intéressé personne. Même ici, portes non verrouillées. En le feuilletant, je trouvai deux billets de vingt euros. Même de ça, ils n'avaient pas voulu, je n'y comprenais rien.

J'étais folle de croire mes soucis terminés : je n'avais pas les clés de la voiture. Convoquer un garagiste, la faire enlever... j'en avais pour des heures. J'ai crié, insulté l'employé qui partit chercher un collègue, je voulais bien payer, mais qu'on en finisse ! L'entreprise pour bricoler une nouvelle clé me coûta cinquante minutes et cent euros.

Quand je quittai la fourrière, un grand lac bleu s'était reformé au-dessus de Paris. Je regardais partout autour de moi, bien droite. Soyeuse. Romy m'attendait, j'allais enfin me consacrer à elle. « Con » et « sacré » dans un même mot, cela me parut beaucoup. Pour se vouer à quelqu'un, il faut se considérer comme un cadeau. Or, je n'en étais pas un. Un jour, Romy me reprocherait de l'accaparer. Qu'y pouvais-je ? Il était mal élevé, mon cœur. On entraîne ses muscles, son cerveau, mais son cœur ?

Devant le porche, le SDF faisait consciencieusement son travail, comme d'habitude. J'ai garé la Peugeot sur le trottoir. Je suis allée vers lui :

— Cette voiture est à vous !

Je lui ai donné les clés et les papiers.

— Mais non !

Au lieu de me remercier, il avait peur.

— Elle est assurée pour six mois. Vous aurez un abri gratuit.

Logique ! Cette solution satisfaisait tout le monde. Gasp, Romy, lui et moi. De nous quatre, l'homme aux poches était le seul susceptible de trouver une utilité à cette voiture. Il n'était pas convaincu.

— Ne vous inquiétez pas !

Il s'inquiétait. Tant pis.

J'ai poussé la porte et couru. Vite, retrouver Romy. Cette fois, plus rien ne nous séparait.

La concierge me guettait sur le pas de la porte. Je l'ai vue brandir la clé et le porte-clés bleu que j'avais donnés à Romy.

— Votre amie m'a laissé ça pour vous.

— Quand ? j'ai dit bêtement.

— Il y a une demi-heure...

J'aurais voulu être un chien pour la mordre fort, que ça saigne.

Le SDF s'est mis à crier derrière moi :

— Mais il me faut un papier, s'ils m'arrêtent, ils ne vont jamais me croire !

Je serrai mon sac. La concierge se régalait de cette scène ridicule.

J'ai couru sous l'acacia, en me persuadant que Romy était chez moi, ce qui était absurde : comment aurait-elle pu rendre les clés et être chez moi ?

Sous la douche, je n'ai pas pleuré, ou alors je ne l'ai pas su. L'eau dans l'eau. La pluie chaude me massait, m'enlaçait, m'embrassait. Lèvres, épaules et bras. J'aurais alors été incapable de protester contre la frénétique consommation d'eau des pays à solitude développée. Me détendre. Respirer.

Je suis restée immobile sur la chaise de chef, à regarder les branches de l'acacia se balancer devant ma fenêtre. Romy n'oublierait ni ma cour ni l'acacia ni notre partie de boomerang dans le parc des Buttes Chaumont. Elle m'oublierait moi, elle avait sans doute vécu mieux que notre rencontre. Moi non.

Gasp, lui, protestait. Cela ne m'échappait pas. J'avais rompu avec Ray, donné ma voiture. Cela n'avait pas empêché Romy de partir, et Gasp prenait de la place, beaucoup de place. Le départ de ma visiteuse l'emplissait de chagrin. Il mourait une seconde fois. Et c'était beaucoup plus douloureux pour lui que pour moi. Pas comme la première fois.

Le boomerang bleu attendait sur la table basse. Et le moment d'attente et de méditation durait. Respirer.

J'espérais un coup de fil ou de sonnette. Rien.

Romy ne reviendrait pas. Ou peut-être. En tout cas, j'avais gagné quelque chose : je n'avais pas imaginé sa venue, je pouvais rêver son retour.

Même si elle ne revenait pas, j'allais me tenir droite. Ma visiteuse m'avait sortie de mon lit, arrachée à ma télécommande et à ma couette. Pas question d'y retourner.

J'ai décidé une fois pour toutes qu'elle était avec moi. Il suffisait d'y croire. La force en moi. L'oiseau brisant sa coquille pour s'envoler.

J'ai revu Romy manger délicatement une mangue. J'ai découpé un des gros fruits rouge et vert qui restaient sur la table, quadrillé avec un couteau une portion que j'ai incurvée vers ma bouche, érigeant des petits cubes. J'ai croqué leur chair mouillée de miel parfumé. Ce ne fut pas la moitié d'un plaisir. Je ne pouvais pas me plaindre.

J'ai quitté mon appartement la tête haute. C'était la seule chose importante : bien regarder autour de soi en se tenant droite. Je n'avais pas oublié le sourire de Romy. Son sourire.

Dans la maison de production d'Ajeg Korn, le personnel s'entassait dans de minuscules réduits encombrés de dossiers et de cassettes. Je finis par dénicher le bureau d'Ajeg dans un couloir, au milieu d'un passage entre deux portes.

Froid, austère, Ajeg ne cherchait pas à plaire. Il me plaisait. Il leva ses spectaculaires lunettes vers moi et me dit à nouveau bonjour. En fait, il s'adressait à quelqu'un dans mon dos. Je me retournai.

Un choc : devant moi, l'animateur de l'émission sur les sourds que je regardais lorsque Romy était arrivée chez moi. Ce retour en arrière ne me déplaisait pas. Si je revenais au moment d'avant Romy, elle me rendrait peut-être à nouveau visite.

Moins veule, moins mou, moins moche qu'à la télé, l'animateur exhalait un parfum délicieux. J'étais remuée.

Il n'était plus habillé comme un ecclésiastique. Pantalon souple, pull en cachemire, veste en cuir. Il paraissait plus robuste que gros. Pourquoi l'avais-je trouvé si antipathique sur l'écran de ma télé ?

Ajeg était en train de se pencher pour attraper sa mallette lorsqu'un type a ouvert la porte derrière lui, le précipitant sur une grande étagère encombrée de dossiers. Des kilos de paperasses et de planches sont tombés sur l'animateur et moi, et nous ont jetés par terre.

Je me suis retrouvée sur le pantalon d'alpaga de l'animateur, la joue posée sur un petit polochon pas très reposant : sa verge, dont la taille m'a surprise, j'étais habituée à l'anatomie de Ray.

Romy m'avait demandé si j'aimais les hommes. Elle savait sans doute à quel point j'appréciais le service bien vivant enfermé dans leur slip, porteur de promesses ludiques, capable de passer du mou au dur, de l'agression aux pleurs, hampes raides, glands brillants, et testicules frémissants. Oui, j'aimais les sexes mâles gonflés de lait, brandissant un joli cœur de pigeon rose qui ne demandait qu'à être embrassé.

L'animateur l'avait sans doute deviné, car son pénis gonflait sous ma joue. Gasp était mort, Ray aussi, je devais forcément entamer un autre homme. Romy était d'accord. Ce n'est pas elle qui m'a empêchée de descendre la fermeture éclair de la braguette d'alpaga pour libérer le phallus en émoi, en lécher la fleur offerte, saisir la tige durcie et la fourrer dans ma bouche. Je me suis raisonnée toute seule. Ne pas oublier la pause.

Pourtant, j'y pensais, aux fruits cachés de l'animateur. Couilles petites, fermes, pendantes, perdues dans un excès de peau ? On ne dit pas assez les infinies variantes de ces réservoirs à spermatozoïdes. Rien à faire, j'étais irrésistiblement attirée vers les mystères des hommes. Aucune jupe de fille, dans une situation identique, ne m'aurait autant bouleversée.

Il nous fallut un certain temps pour nous dégager. L'animateur était rouge, gêné d'avoir bandé sur le visage d'une inconnue :

— Quelle entrée en matière !

Cette demande de pénétration m'électrisa. Je regardais mes pieds, de peur que mes yeux ne clament combien ce sexe-à-joue m'avait distraite.

Ajeg Korn m'expliqua que l'animateur enregistrerait une des voix off.

— C'est évidemment d'accord, fit la vedette de télévision.

Je me suis entendue dire à mon tour que j'acceptais le travail. Ajeg ne remercia pas, il n'avait pas de temps à perdre en civilités. Comme Romy.

— Et vous, votre travail ? s'enquit l'animateur.

J'écartai les lèvres. Impossible de me faire entendre. Il me sembla que ma bouche ne pourrait plus s'ouvrir que pour son sexe. Avec lui, tout avait commencé à l'envers, corps à corps, chimie à chimie. Je ne sais pourquoi je dis « à l'envers » : ce prélude me paraissait idéal. « Si ta parole n'est pas plus belle que le silence... »

Romy m'encourageait à éprouver le désir de cet homme. L'amour lui était un réconfort. « Si tu as envie de regarder quelqu'un, regarde-le, si tu as envie de tendre la main, tends la main. »

— Puis-je vous inviter à prendre un verre ? demanda l'animateur, lorsque nous fûmes dans la rue.

Je me tus. Je n'avais aucune envie de prononcer un discours.

— Ça va ? il fit.

— Non !

Ce n'était pas tout à fait vrai, ça n'allait pas si mal que ça. Romy m'avait abandonnée, mais ce type délicieusement parfumé avait bandé sous ma joue. Il était pour moi. « Si tu reçois une bonne nouvelle, accepte-la ! »

— Ça va, j'ai dit.

Je reconnus sur son visage un rictus que j'avais remarqué à la télé et ce rappel me déplut. Je ne voulais pas du type veule et moche des écrans. Je me méfiais. Ray ne se déplaçait pas sans le mari de la principale. Pas question de recommencer ce que j'avais déjà eu le tort de faire. « Le luxe, c'est de changer d'erreur. »

J'ai pensé à Romy. Chaque personne une personne. J'ai regardé avec attention l'homme qui me faisait face, et là, j'ai vu les cercles de ses yeux. Quelque chose s'est déployé dans ma poitrine, comme un drapeau léché par le vent.

Aussitôt, Gasp a tiré la porte. Je l'ai entendue claquer derrière lui, et j'ai ressenti à la fois un vide et un soulagement. Gasp était vraiment parti, emportant le chagrin causé par le départ de Romy. Du moins l'essentiel. Il me laissait le rêve, la jolie part du chagrin, je l'ai compris tout de suite.

— Vous me plaisez.

J'avais parlé comme Romy. J'avais osé.

Il m'a épargné un « vous aussi ». Il n'avait pas de temps à perdre avec des bêtises. Il a tendu la main vers la pointe de mon épaule, a exercé une pression douce sur mon bras, en plantant ses yeux dans les miens. Les cercles. Le bois, le feu, la cendre.

J'ai compris que s'il croisait Romy un jour, il la

regarderait et la reconnaîtrait. Ma visiteuse m'envoyait cet homme parce qu'il savait ouvrir les yeux. Gasp n'y pouvait plus rien. Plus rien. Il était tout à fait mort.

L'animateur me tendit une carte de visite. Je me gardai de la lire. Tout le monde savait son nom. Pas moi. De lui, je connaissais le sexe à travers le pantalon d'alpaga, la main à la pointe de mon épaule, le silence partagé. C'était beaucoup.

— De toute façon, on va se revoir, je vous rappellerai.

— Je veux bien.

C'était bête de le préciser, nous étions tous deux informés que notre histoire avait commencé. Mais cette netteté me faisait du bien.

Sa main revint à la pointe de mon épaule. À nouveau la pression encourageante. Je tournai les talons. S'il voulait me revoir, il me reverrait. Romy avait bien su me trouver, elle. Le boomerang lancé, attendre son retour.

Tout de même, j'avançai en titubant, et aussitôt, le bruit de la rue me fit mal. Combien de temps faudrait-il à l'animateur pour me rejoindre ? Je ne voulais pas que ça dure trop longtemps. Il me manquait déjà.

Pour me consoler, je me suis mise à penser à Romy. Ma tristesse devint douce. J'étais fière de sa légèreté.

J'entrai dans le premier bistrot. M'arrêter, respirer, ne pas courir vers mon pyjama, ma couette et ma télé.

J'avais bu deux cafés. Je me tenais droite. Le calme revenait doucement. Les gens passaient devant la vitrine. Je souriais. Dehors me semblait neuf. *Les yeux d'un sourd*. J'y pensais forcément.

La pause a duré, puis j'ai senti une main se poser doucement à la pointe de mon épaule. Je me suis retournée.

Un gros bouquet de roses. De très belles Latina. Derrière, l'animateur. Il m'avait accordé la pause. Il avait bien fait.

— Il fallait pas !

J'ai entendu parler ma mère. Pas plus aimable qu'elle. Il me fallait consentir un effort avant de mourir. Pour être aimable. Sinon, je trahissais Romy. J'effaçais sa visite. Je me suis ressaisie. J'ai souri. J'avais le soleil aux joues.

— Magnifique ! j'ai dit.

Il s'est décidé :

— Venez prendre un verre chez moi. C'est un

endroit agréable, vous verrez, j'ai un grand jardin d'hiver.

J'ai pensé à la verdure du parc en plein hiver, au rire de Romy, qui était toujours d'accord, sans hésitation.

— Volontiers.

Nous avons marché côte à côte. Je me tenais droite. J'étais bien. Seule et avec lui. Nous nous taisions. Il a ouvert la portière d'une voiture :

— Je vous en prie.

Il s'est installé derrière le volant. J'ai remarqué qu'il avait une lèvre supérieure. Pas très charnue, mais vivante. L'image télévisée est trompeuse.

Dès qu'il a mis le contact, la voix de Janis a jailli de l'autoradio. *To love somebody*. J'ai pensé à mon film de plasticienne, à Romy, au ciel. Je me sentais belle et dévergondée.

J'imaginais les cuisses de l'animateur sous le pantalon d'alpaga. J'allais bientôt les découvrir, les comparer à celles de Ray. Elles me surprendraient, m'intimideraient, puis elles deviendraient mes habitudes, et les fruits entre ses cuisses ma cour de récréation.

Nous étions arrêtés à un feu rouge. J'ai levé les yeux vers le ciel, et j'ai vu un grand mur de lapis exposant les tableaux clairs des façades. J'étais bien.

— Quelle lumière !

L'animateur m'a donné ses yeux :

— J'aime beaucoup votre voix.

Cette phrase m'a fait tressaillir, puis j'ai ri de bon cœur, avec les yeux, les joues, la bouche, et l'animateur m'a pris la main. Je fredonnais pour accompagner Janis lorsque j'ai entendu un objet cogner la vitre. J'ai tourné la tête, j'ai vu la gueule d'un pistolet ou d'un revolver, je n'ai jamais su la différence. Derrière, le visage d'un homme. Métis. Petit. Les yeux comme des clous.

J'ai su tout de suite que ce n'était pas une blague, j'avais l'habitude. Je n'ai pas bougé. Le type a ouvert la porte, m'a extirpée de la voiture.

— Dégage !

Le braqueur a claqué la porte, j'ai entendu l'animateur crier, le braqueur lui a hurlé de démarrer.

Les bras ballants, plantée sur le trottoir, j'ai regardé la voiture s'éloigner.

La bagnole, je m'en foutais, mais l'animateur ? Un homme d'alpaga parfumé qui avait bandé sous ma joue et voulait me faire visiter son grand jardin d'hiver ne pouvait déjà m'abandonner. Je craignais pour sa santé. Les hommes célèbres sont plus fragiles. Qu'est-ce que le petit métis allait faire de lui ?

Je pensais à mon portable et à ma trousse de maquillage. Tout ne revient pas toujours. Je grelottais.

Je n'ai pas crié. À quoi bon ? Je suis assez grande. J'ai cette chance.

Romy m'avait rendu visite. Tout était possible. L'optimisme allait me porter bonheur. J'y croyais.

Quelque chose de positif allait m'arriver. J'ai regardé partout autour de moi.

Rien.

Puis j'ai entendu klaxonner. Je me suis retournée. D'une voiture, quelqu'un que je connaissais très bien me faisait signe. Cette image m'a emplie d'allégresse. J'ai avancé, sourire aux lèvres, dos bien droit. « Si une personne vient vers toi, va vers elle ! »

Remerciements

À Marie-Andrée Armynot, Taïkan Jyoji, Marion Lorthiloir, Claude Pujade-Renaud, Jacques Rheinardt, Renaud de Rochebrune.

DU MÊME AUTEUR

Aux éditions Gallimard

Dans la « Série noire »

ÉROS ET THALASSO, *n° 2511*, 1998.

LE CHANT DU BOUC, *n° 2578*, 2000. Grand Prix du roman noir
    français 2001 (Folio Policier *n° 262*).

TROUBLES FÊTES, *n° 2322*, 2001.

MORE IS LESS, *n° 2657*, 2003.

Chez d'autres éditeurs

Romans

L'OCTOBRE, roman, *Jean-Jacques Pauvert*, 1976.

SUPERMARCHÉ RAYON BONHEUR, roman, *Manya*, 1990.

LE FILS D'ARIANE, roman, *Manya*, 1992.

LE SQUATT, roman, *Cherche-Midi*, 1996.

LAVANDE TUERA, *Baleine*, « Le Poulpe », 1997.

LA VISITE, roman, *Balland*, 2003 (Folio n° 4126).

Essais et autres

EDDY MITCHELL, biographie, *Seghers*, 1981.

PAPY-BOOM, essai (avec Maximilien Levet), *Grasset*, 1988.

ET L'AMOUR DANS TOUT ÇA ? récit humoristique (avec Kriss
    Graffiti) *Balland*, 1989 ; « J'ai lu », 1990.

RIGOLE ET TAIS-TOI, récit humoristique, (avec Martine Boëri),
    Calmann-Lévy, 1989.

UN SCÉNARIO NOMMÉ DÉSIR, document-fiction (avec Brigitte
    Peskine), *Belfond*, 1994.

CHAIRS AMIES, poésie, *Le Ricochet*, 2001.

Composition CMB Graphic
Impression Novoprint
à Barcelone, le 15 novembre 2004
Dépôt légal: novembre 2004

ISBN 2-07-030489-2./ Imprimé en Espagne.

126232